„Bücher sind wie Fallschirme. Sie nützen uns nichts, wenn wir sie nicht öffnen."

Gröls Verlag

Redaktionelle Hinweise und Impressum

Das vorliegende Werk wurde zugunsten der Authentizität sehr zurückhaltend bearbeitet. So wurden etwa ursprüngliche Rechtschreibfehler regelmäßig *nicht* behoben, denn kleine Unvollkommenheiten machen das Buch – wie im Übrigen den Menschen – erst authentisch. Mitunter wurden jedoch zum Beispiel Absätze behutsam neu getrennt, um den Lesefluss zu erleichtern.

Um die Texte zu rekonstruieren, werden antiquarische Bücher von Lesegeräten gescannt und dann durch eine Software lesbar gemacht. Der so entstandene Text wird von Menschen gegengelesen und korrigiert – hierbei treten auch Fehler auf. Wenn Sie ebenfalls antiquarische Texte einreichen möchten, finden Sie weitere Informationen auf www.groels.de

Viel Freude bei der Lektüre wünscht Ihnen das Team des Gröls-Verlags.

Adressen

Verleger: Hermann-Josef Gröls,

Im Borngrund 26, 61440 Oberursel

Externer Dienstleister für Distribution & Herstellung:

BoD, In de Tarpen 42, 22848 Norderstedt

Unsere „Edition | Werke der Weltliteratur“ hat den Anspruch, eine der größten und vollständigsten Sammlungen klassischer Literatur in deutscher Sprache zu werden. Nach und nach versammeln wir hier nicht nur die „üblichen Verdächtigen“ von Goethe bis Schiller, sondern auch Kleinode der vergangenen Jahrhunderte, die – zu Unrecht – drohen, in Vergessenheit zu geraten. Wir kultivieren und kuratieren damit einen der wertvollsten Bereiche der abendländischen Kultur. Kleine Auswahl:

Francis Bacon • Neues Organon • **Balzac** • Glanz und Elend der Kurtisanen • **Joachim H. Campe** • Robinson der Jüngere • **Dante Alighieri** • Die Göttliche Komödie • **Daniel Defoe** • Robinson Crusoe • **Charles Dickens** • Oliver Twist • **Denis Diderot** • Jacques der Fatalist • **Fjodor Dostojewski** • Schuld und Sühne • **Arthur Conan Doyle** • Der Hund von Baskerville • **Marie von Ebner-Eschenbach** • Das Gemeindekind • **Elisabeth von Österreich** • Das Poetische Tagebuch • **Friedrich Engels** • Die Lage der arbeitenden Klasse • **Ludwig Feuerbach** • Das Wesen des Christentums • **Johann G. Fichte** • Reden an die deutsche Nation • **Fitzgerald** • Zärtlich ist die Nacht • **Flaubert** • Madame Bovary • **Gorch Fock** • Seefahrt ist not! • **Theodor Fontane** • Effi Briest • **Robert Musil** • Über die Dummheit • **Edgar Wallace** • Der Frosch mit der Maske • **Jakob Wassermann** • Der Fall Maurizius • **Oscar Wilde** • Das Bildnis des Dorian Grey • **Émile Zola** • Germinal • **Stefan Zweig** • Schachnovelle • **Hugo von Hofmannsthal** • Der Tor und der Tod • **Anton Tschechow** • Ein Heiratsantrag • **Arthur Schnitzler** • Reigen • **Friedrich Schiller** • Kabale und Liebe • **Nicolo Machiavelli** • Der Fürst • **Gotthold E. Lessing** • Nathan der Weise • **Augustinus** • Die Bekenntnisse des heiligen Augustinus • **Marcus Aurelius** • Selbstbetrachtungen • **Charles Baudelaire** • Die Blumen des Bösen • **Harriett Stowe** • Onkel Toms Hütte • **Walter Benjamin** • Deutsche Menschen • **Hugo Bettauer** • Die Stadt ohne Juden • **Lewis Caroll** • *und viele mehr….*

Inhalt

An den Leser 8

Segen 9

Der Albatros 12

Erhebung 13

Zusammenklang 14

Den Entschwundenen 14

Die Leuchttürme 16

Die kranke Muse 17

Die käufliche Muse 18

Der schlechte Mönch 18

Der Feind 19

Der Unstern 20

Das frühere Leben 20

Zigeuner auf der Fahrt 21

Der Mensch und das Meer 21

Don Juan in der Unterwelt 22

An Theodor von Banville 23

Züchtigung des Hochmuts 23

Die Schönheit 24

Das Ideal 25

Die Riesin 25

Die Juwelen 26
Die Maske 27
Hymne an die Schönheit 28
Fremdländischer Duft 30
Das Haar 30
So bete ich dich an 31
Du locktest gern die Welt 32
Sed non satiata 32
In ihrem Kleid 33
Die Schlange, die tanzt 34
Ein Aas 35
De profundis clamavi 37
Der Vampir 37
Lethe 38
Als ich bei einer Jüdin lag 39
Totenreue 40
Die Katze 40
Zweikampf 41
Der Balkon 41
Der Besessene 42
Eine Erscheinung 43
Dir dieses Lied 45
Semper eadem 46
Ganz und Gar 47
Was sagst du heute abend 48

Die lebende Fackel 48
An sie, die allzufroh 49
Hingabe 50
Geständnis 51
Geistige Morgenröte 53
Abendklänge 53
Das Flakon 54
Das Gift 55
Umschleierter Himmel 55
Die Katze 56
Das schöne Schiff 58
Aufforderung zur Reise 59
Das Unsühnbare 61
Plauderei 62
Herbstgesang 63
Einer Madonna 64
Lied am Nachmittag 66
Sisina 67
Verse zum Portrait von Honoré Daumier 68
Franciscae meae laudes 68
Einer kreolischen Dame 70
Moesta et errabunda 70
Das Gespenst 71
Herbst-Sonett 72
Lunas Traurigkeit 72

Die Katzen 73
Die Eulen 74
Die Pfeife 74
Musik 75
Begräbnis eines verfemten Dichters 75
Ein phantastischer Kupfer 76
Der fröhliche Tote 76
Das Fass des Hasses 77
Die zersprungene Glocke 77
Schwermut 78
Trübsinn 79
Schwermut 79
Schwermut 80
Wahnsinn 81
Liebe zum Nichts 81
Alchimie des Schmerzes 82
Anziehender Schauder 83
Die Friedenspfeife 83
Gebet eines Heiden 87
Der Deckel 87
Der Unerwartete 88
Mitternächtige Selbstprüfung 90
Trauriges Madrigal 91
Der Mahner 92
An eine Malabaresin 93

Die Stimme 94
Hymne 95
Der Rebell 96
Berthas Augen 96
Der Springbrunnen 97
Das Lösegeld 98
Weit von hier 99
Romantischer Sonnenuntergang 99
Zu dem „Tasso im Gefängnis“ 100
Der Abgrund 101
Die Klagen eines Ikarus 101
Sammlung 102
L' Heautontimoroumenos 102
Das Unlösbare 103
Die Turmuhr 105
Landschaft 106
Die Sonne 107
Lola de Valence 108
Die beleidigte Luna 108
An eine rothaarige Bettlerin 109
Der Schwan 111
Die sieben Greise 113
Die kleinen Alten 115
Die Blinden 118
Ein Vorübergehender 119

Das Skelett als Arbeitsmann 119
Abenddämmerung 120
Das Spiel 122
Totentanz 123
Liebe zur Lüge 125
Nein, ich vergass es nicht 126
Lasst uns der treuen Magd 126
Nebel und Regen 127
Pariser Traum 128
Morgengrauen 130
Die Seele des Weins 131
Der Wein der Lumpensammler 132
Der Wein des Mörders 133
Der Wein des Einsamen 135
Der Wein der Liebenden 136
Aufschrift auf ein verpöntes Buch 136
Die Zerstörung 137
Eine Märtyrin 137
Lesbos 140
Verdammte Frauen 142
Die beiden barmherzigen Schwestern 147
Die Blutquelle 148
Allegorie 148
Beatrice 149
Die Verwandlung des Vampire 150

Eine Reise nach Kythera 151
Die Liebe und der Schädel 153
Die Verleugnung des heiligen Petrus 154
Abel und Kain 155
Die Litanei des Satans 157
Bitte 159
Der Tod der Liebenden 159
Der Tod der Armen 160
Der Tod des Künstlers 160
Tagesende 161
Der Traum eines Neugierigen 161
Die Reise 162

Charles Baudelaire

Die Blumen des Bösen

An den Leser

In Dumpfheit, Irrtum, Sünde immer tiefer
Versinken wir mit Seele und mit Leib,
Und Reue, diesen lieben Zeitvertreib,
Ernähren wir wie Bettler ihr Geziefer.

Halb sind die Sünden, matt ist unsre Reue,
Und unsre Beichte macht sich fett bezahlt,
Nach ein paar Tränen rein die Seele strahlt
Und wandert froh den schmutzigen Pfad aufs neue.

Satan, der Dreimalgrosse, übt die Künste,
Auf seinem Kissen wiegt er unsern Geist,
Bis das Metall, das Kraft und Wille heisst,
Vom Zaubrer aufgelöst in fahle Dünste.

Des Teufels Fäden sind's, die uns bewegen,
Wir lieben Graun, berauschen uns im Sumpf,
Und Tag für Tag zerrt willenlos und stumpf
Der Böse uns der Hölle Stank entgegen.

Wie an der Brust gealterter Mätressen
Der arme Wüstling stillt die tolle Gier,
So haschen nach geheimen Lüsten wir,
Um sie wie dürre Früchte auszupressen.

Gleich Würmern wimmelnd ist ins Hirn gedrungen
Die Teufelsschar, die uns zerstören muss,
Wir atmen, und ein unsichtbarer Fluss,
Der Tod, strömt klagend hin durch unsre Lungen.

Wenn Notzucht, Gift und Dolch und alles Böse
Noch nicht geschmückt mit holder Stickerei
Des Schicksals Grund voll fadem Einerlei,
Dann ist's, weil unsre Seele ohne Grösse.

Doch zwischen Panthern, Schakalen und Hunden,
In der Skorpionen, Schlangen, Affen Welt,
Die kriecht und schleicht und heult und kläfft und bellt,
Im Tierhaus unsrer Taster ward gefunden

Das schlimmste, schmutzigste von allen Dingen,
Die Qual, die nicht Gebärde hat noch Schrei,
Und doch die Erde macht zur Wüstenei
Und gähnend wird dereinst die Well verschlingen:

Der Uberdruss! – Tränen im Blick, dem bleichen,
Träumt vom Schafott er bei der Pfeife Bauch.
Du, Leser, kennst das holde Untier auch,
Heuchelnder Leser – Bruder –: meinesgleichen!

Segen

Wenn nach des Himmels mächtigen Gesetzen
Der Dichter kommt in diese müde Welt,
Schreit seine Mutter auf, und voll Entsetzen
Flucht sie dem Gott, den Mitleid selbst befällt.

„Warum gebar ich nicht ein Nest voll Schlangen,
Statt diesem Spottgebild verwünschter Art!

Verflucht die Nacht, in der mein Bauch empfangen,
Da flüchtiger Lust so bittre Strafe ward!

Was wähltest du mich aus von allen Frauen,
Dem blöden Mann zur ekelvollen Wut,
Was werf' ich nicht die Missgeburt voll Grauen
Gleich einem Liebesbrief in Feuersglut!

Doch ich will deinem Hasse nicht erliegen,
Ich wälz' ihn auf das Werkzeug deines Grolls
Und will den missgeratnen Baum so biegen,
Dass keine Frucht entspringt dem faulen Holz."

So presst sie geifernd ihren Grimm zusammen,
Nichts ahnend von des Himmels Schluss und Rat,
Und schürt sich in Gehenna selbst die Flammen
Für ihre mütterliche Freveltat.

Indessen zieht ein Engel seine Kreise,
Und der Enterbte blüht im Sonnenschein,
Und zu Ambrosia wird ihm jede Speise
Und jeder Trank zu goldnem Nektarwein.

Zum Spiel taugt Wind ihm, Wolken und Gestirne,
Berauscht von Liedern zieht er durch sein Reich,
Und traurig senkt der Engel seine Stirne,
Sieht er ihn sorglos, heitern Vögeln gleich.

Denn alle, die er liebt, voll Scheu ihn messen;
Weil seine Sanftmut ihren Groll entfacht,
Versuchen sie ihm Klagen zu erpressen,
Erproben sie an ihm der Roheit Macht.

Sie mischen eklen Staub in seine Speisen,
Beschmutzen jedes Ding, dem er sich naht.

Was er berührt, sie heuchelnd von sich weisen,
Und schreien „wehe“, kreuzt er ihren Pfad.

Auf öffentlichem Markt, wie eine Dirne,
Höhnt laut sein Weib: „Da mir sein Beten gilt,
So will ich auch vom Sockel bis zur Stirne
Vergoldet sein gleich einem Götzenbild.

Berauschen will ich mich an Weihrauch und Essenzen,
An Wein und Huldigung mich trinken satt,
Und da er göttergleich mich will bekränzen,
Werd ich beherrschen ihn an Gottes Statt!

Und will die Posse mir nicht mehr gefallen,
Pack' ich ihn mit der schwachen, starken Hand,
Mit meinen Nägeln wie Harpyenkrallen
Zerfleisch ich ihn, bis ich sein Herze fand.

Gleich einem jungen Vogel fühl' ichs zittern,
Zuckend und rot wird's meiner Hände Raub,
Und um mein Lieblingstier damit zu füttern,
Werf ich es voll Verachtung in den Staub!“

Zum Himmel, zu dem ewigen Strahlensitze
Hebt fromm der Dichter seine Hände auf,
Und seines lichten Geistes weite Blitze
Verhüllen ihm des Volks blindwütigen Häuf:

„Dank, dir, o Gott, der uns das Leid liess werden,
Das uns erlöst aus tiefer Sündennacht,
Das reine Elixier, das schon auf Erden
Die Starken deiner Wonnen würdig macht!

Dem Dichter wahrst du deiner Sitze besten
Inmitten seliger Legionen Schar,

Ich weiss, du lädst ihn zu den ewigen Festen
Der Herrlichkeit und Tugend immerdar.

Ich weiss, nicht Welt noch Hölle macht zum Hohne
Den einzigen Adel, den der Schmerz verleiht.
Ich weiss, auf meinem Haupt die Wunderkrone
Muss leuchten über Welt und Ewigkeit.

Ich weiss, dass Schätze, die versunken schliefen,
Dass Gold und Edelstein aus finstrem Schacht,
Dass Perlen, die du hebst aus Meerestiefen,
Nicht würdig sind für dieser Krone Pracht.

Denn sie ward aus dem reinsten Licht gesponnen,
Das der Urflamme heiliger Herd besass,
Des Menschen Blick, die leuchtendste der Sonnen
Erlischt vor ihrem Glanz wie mattes Glas.

Der Albatros

Oft kommt es vor, dass, um sich zu vergnügen,
Das Schiffsvolk einen Albatros ergreift,
Den grossen Vogel, der in lässigen Flügen
Dem Schiffe folgt, das durch die Wogen streift.

Doch, – kaum gefangen in des Fahrzeugs Engen
Der stolze König in der Lüfte Reich,
Lässt traurig seine mächtigen Flügel hängen,
Die, ungeschickten, langen Rudern gleich,

Nun matt und jämmerlich am Boden schleifen.
Wie ist der stolze Vogel nun so zahm!
Sie necken ihn mit ihren Tabakspfeifen,
Verspotten seinen Gang, der schwach und lahm.

Der Dichter gleicht dem Wolkenfürsten droben,
Er lacht des Schützen hoch im Sturmeswehn ;
Doch unten in des Volkes frechem Toben
Verhindern mächt'ge Flügel ihn am Gehn.

Erhebung

Hoch über stillen Wäldern, blauen Meeren,
Hoch über eisiger Gletscher Einsamkeit
Und über Wolkenflügen weltenweit,
Jenseits der sternbeglänzten ewigen Sphären

Dort regst du dich, mein Geist, so frei und jung!
Wie kühne Schwimmer durch die Wellen gleiten,
So ziehst du durch die unermessnen Weiten
Voll grosser, männlicher Begeisterung.

Flieh' aus der Erde giftigtrübem Schlamme,
Steig' auf zum Äther, Seele, werde rein!
Und trink wie einen starken Götterwein
Der lichten Räume himmlischklare Flamme.

Weit hinter dir lass Kummer, Schuld und Streit,
Die dumpf und lastend dich zur Erde zwingen,
Beglückt, wer sich erhebt auf leichten Schwingen
Zu leuchtender Gefilde Heiterkeit!

Wessen Gedanken gleich der Lerche steigen
Des Morgens frohbeschwingt zum Firmament,
Wer überm Leben schwebt und mühlos kennt
Der Blumen Sprache und der Dinge Schweigen!

Zusammenklang

Im Tempel der Natur, in Säulengängen,
Durch die oft Worte hallen, fremd, verwirrt,
Der Mensch durch einen Wald von Zeichen irrt,
Die mit vertrauten Blicken ihn bedrängen.

Wie weite Echo fern zusammenklingen
Zu einem einzgen feierlichen Schall,
Tief wie die Nacht, die Klarheit und das All,
So Düfte, Farben, Klänge sich verschlingen.

Denn es gibt Düfte, frisch wie Kinderwangen,
Süss wie Oboen, grün wie junges Laub,
Verderbte Düfte, üppige, voll Prangen,

Wie Weihrauch, Ambra, die zu uns im Staub
Den Atemzug des Unbegrenzten bringen
Und unsrer Seelen höchste Wonnen singen.

Den Entschwundenen

Den entschwundenen, nackten Zeiten bin ich so hold,
Da Phöbus die Säulen umwob mit lauterem Gold,
Da Mann und Weib ohne Lüge und schamhaftes Bangen
In heiter beweglichem Spiel durch das Leben gegangen,
Und – vom zärtlichen Licht umspielt und umflossen –
Ihrer edlen Leiber kraftvolle Schönheit genossen.
Als Cybele fruchtbar, verschwenderisch fast
Ihre Kinder nicht fühlte als drückende Last
Und wie eine Wölfin mit mütterlich drängenden Lüsten
Die ganze Erde getränkt an den schwellenden Brüsten,
Als der Mensch geschmeidig, voll siegreicher Pracht
Mit stolzem Recht sich zum König der Erde gemacht,

Und die edlen Früchte ohne Flecken und Schaden
Mit frischem und saftigem Fleisch zum Bisse geladen.

Will in unseren Tagen ein Dichter bewundernd schauen
Ursprüngliche Schönheit, da wo Männer und Frauen
In Nacktheit sich zeigen, da fühlt er die Freude entfliehen,
Da fühlt er den eisigen Frost seine Seele durchziehen
Vor dem düsteren Bild dieser Hässlichkeit,
Vor der Missgeburt, die nach Kleidern schreit!

O armselig Zerrbild, für Masken geschaffen!
Ihr mageren Rümpfe, ihr feisten, ihr schlaffen,
Die der Nützlichkeit Gott unerbittlich und fest
Schon als Kinder in eherne Windeln gepresst!
Ihr Frau'n, die ihr bleich seid wie wächserne Kerzen,
Die Wollust nagt euch am Leib und am Herzen,
Jungfraun, durch ererbte Sünden entweiht,
Ihr schleppt schon der Mutterschaft Hässlichkeit!

Wohl ist uns, die wir zum Untergang neigen,
andere Schönheit, den Eilten verschlossen, zu eigen,
Gesichter, drin glühendes Leiden brennt,
Darin man die Schönheit des Siechtums erkennt;
Diese Gabe jedoch, aus der Muse zögernden Händen
Soll uns, des Untergangs Kindern, die Blicke nicht blenden.
Wir huldigen tief und voll Leidenschaft
Der heiligen Jugend, der Jugend voll Klarheit und Kraft.
Deren Auge strahlend und klar wie die fliessende Quelle,
Die überall Leben spendet und sorglose Helle,
Die in des Himmels Leuchten, der Vögel Gesang,
Die Duft ist und Wärme und Farbe und Klang.

Die Leuchttürme

Rubens, der Trägheit Garten, des Vergessens Bronnen,
Ein Lager blüh'nden Fleisches, der Liebe leer,
Doch so von Leben und von Glut durchronnen
Wie von der Luft das All, das Meer vom Meer.

Leonard da Vinci Spiegel tief und dunkel,
Wo Engel lächeln süss und rätselschwer
Aus Fichtenschatten, grünem Eisgefunkel
Von ihrer Heimat Gletschergipfeln her.

Rembrandt, das Haus der Traurigen und Kranken,
Von einem hohen Kruzifix erhellt,
Gebete, Seufzer überm Unrat schwanken,
Ein kalter Schimmer jäh ins Dunkel fällt.

Buonarroti, fern, wo Riesenschatten schweben,
Wo Herkules mit Christus sich verband,
Gespenster steil aus ihrer Gruft sich heben,
Mit starrem Finger fetzend ihr Gewand.

Der in des Pöbels Wut, des Fauns Erfrechen,
Der Schönheit fand selbst in der Schurken Reich,
Puget, du grosses Herz voll Stolz und Schwächen,
Der Sklaven König, kummervoll und bleich.

Watteau, ein Fest, wo Herzen leuchtend irren,
Den Schmetterlingen gleich, ein Faschingsball,
Lieblicher Zierat, Glanz und Lichter schwirren
Und Tollheit wirbelnd durch den Karneval.

Goya, ein Nachtmahr, ferner wirrer Schrecken,
Leichengeruch vom Hexensabbat weht,

Wo, lüsterner Dämonen Gier zu wecken,
Die nackte Kinderschar sich biegt und dreht.

Und Delacroix, Blutsee, wo Geister hausen.
Im Schatten tief, der Himmel schwer wie Blei,
Wo durch die trübe Luft Fanfaren brausen
Seltsamen Klangs, wie ein erstickter Schrei.

Dies alles, Fluch und Lästerung und Sünden,
Verzückungsschrei, Gebet und Todesschmerz
Ist Widerhall aus tausend dunklen Gründen,
Berauschend Gift für unser sterblich Herz.

Ein Schrei ist's, der da gellt in tausend Stürmen,
Die Losung, die von tausend Lippen schallt,
Leuchtfeuer, das da flammt von tausend Türmen,
Des Jägers Ruf, der durch die Wildnis hallt.

Ein Zeichen, Gott, das wir dir bringen wollen,
Vor deinen Herrlichkeiten zu bestehn,
Glühende Tränen, die durchs Weltall rollen
Und an der Ewigkeiten Rand vergehn.

Die kranke Muse

Du arme Muse, was ist dir geschehn?
Im hohlen Blick les' ich die nächtgen Qualen,
Und muss den Wahnsinn und den Schreck, den fahlen
Im stummen, angstgequälten Antlitz sehn.

Gossen sie Lieb' und Furcht aus ihren Schalen,
Die grünen Zwerge und die rosigen Feen?
Hat dich der Alb gepackt mit eisigem Wehn
Und dich erstickt in wilden Zauber quälen?

Ich wollt', dein Atem wäre stets voll Kraft,
Dass er nur starker Dinge Abbild schafft!
Des Blutes Rauschen rhythmischer Gesang,

Wie er in jenen alten Zeiten klang,
Als Phöbus und der grosse Pan regierten,
Des Liedes Vater und der Gott der Hirten.

Die käufliche Muse

O meine Muse, der Paläste Kind!
Wirst du, wenn erst der Winter hetzt die Raben,
Für deinen nackten Fuss ein Feuer haben
In trüber Schneenacht und bei eisigem Wind?

Willst du die marmorkalten Schultern laben
Am nächtigen Strahl, der durch die Läden rinnt?
Willst du, wenn leer dir Tasch' und Gaumen sind,
Verborgnes Gold aus blauen Höhlen graben ?

Allabendlich wird dich der Hunger zwingen,
Chorkindern gleich beim Weihrauchfass zu singen
Den Lobgesang, der deinen Schmerz verhöhnt,

Seiltänzern gleich wirst du zur Schau dich stellen.
Indes dein Lachen, darin Schreie gellen,
Des rohen Haufens Gier und Lüsten frönt.

Der schlechte Mönch

Aus alter Klöster hohem Wandgemälde
Schaut oft der heiligen Wahrheit Angesicht,
Den Brüdern, die der fromme Eifer quälte,
Ein wenig Wärme spendend, Trost und Licht.

Zur Zeit, da Christi Saat geblüht, erwählte
Manch edler Mönch, von dem man heut kaum spricht,
Das Leichenfeld zur Werkstatt und erzählte
In Bildern uns vom Tode stark und schlicht.

Mein Herz gleicht einer finstern Klosterzelle,
Seit Ewigkeiten tritt mein Fuss die Schwelle, –
Mit nichts hab' ich die kahle Wand geschmückt.

Ich träger Mönch, wann werd' ich endlich geben
Aus jenem öden Schauspiel, meinem Leben,
Was meine Hand erschuf, mein Aug' beglückt?

Der Feind

Mein Kinderland war voll Gewittertagen,
Nur selten hat die Sonne mich gestreift,
Und so viel Bluten hat der Blitz zerschlagen,
Dass wenig Früchte nur mein Garten reift.

Nun kommt der Herbst, – ich muss zur Harke greifen,
Die Erde sammeln, die verwüstet schlief,
In die der Regen Risse grub und Streifen
Und manche Holde wie ein Grab so tief.

Doch ob den Blumen, die erhofft mein Träumen,
In dieses wild zerwühlten Ackers Räumen
Die Wundernahrung wird voll Glut und Kraft?

O Schmerz! die Zeit trinkt unsren Lebenssaft,
Der dunkle Feind, der uns am Herzen zehrt
Und sich von unsrem Blute stärkt und mehrt!

Der Unstern

So schwere Lasten zu heben,
Bedarf es des Sisyphus Mut,
Und hätten wir Kraft auch und Glut,
Lang ist die Kunst, flüchtig das Leben.

Fern ruhmreicher Sarkophage,
An des Friedhofs verlassenem Hang,
Wie verdeckter Trommel Gesang
Schlägt mein Herz nun die trauernde Klage.

Manches Kleinod von leuchtender Glut
In finstrer Verborgenheit ruht,
Wohin Sonde und Senkblei nicht gleiten.

Manche Blume der edelsten Art
Strömt Duft wie Geheimnis so zart
In der Wildnis verlorene Weiten.

Das frühere Leben

Ich wohnte lang in weiter Hallen Schweigen,
Die abends in der Meeressonne Glut
Sich stolz erheben und zur blauen Flut
Sich gleich basaltnen Grotten niederneigen.

Das Meer, darauf des Himmels Abbild ruht,
Tönt feierlich beim Auf- und Niedersteigen,
Und der Akkorde übermächt'ger Reigen
Strömt in den Abend voller Gold und Blut.

Dort lebt' ich lang in dämmerstillem Lächeln,
Voll Wollust atmend Glanz und blaue Luft;
Die nackten Sklaven, ganz getaucht in Duft,

Sie mussten mir die müde Stirne fächeln,
Von einer einzigen Sorge nur beschwert,
Das Leid zu finden, das mein Herz verzehrt.

Zigeuner auf der Fahrt

Zum Aufbruch muss der Stamm der Zaubrer rüsten,
Glutäugig Volk. – Es schleppt der Weiber Schar
Bücklings die Kinder, reicht dem Säugling dar
Den stets bereiten Schatz aus braunen Brüsten.

Zu Fuss die Männer, deren Waffen flimmern,
Die Karren rollen langsam nebenher;
Und Aller Augen wandern sehnsuchtsschwer
Zum Himmel, wo die fernen Träume schimmern.

Sie ziehn vorbei, – und im Versteck die Grille
Singt doppeltlaut ihr Lied durch Morgenstille;
Die Erde, die sie liebt, vermehrt ihr Grün,

Lässt Felsen sprudeln, lässt die Wüste blühn
Für sie, die in der Zukunft dunkles Brauen
Wie in vertraute lichte Lande schauen.

Der Mensch und das Meer

Du freier Mensch, du liebst das Meer voll Kraft,
Dein Spiegel ist's. In seiner Wellen Mauer,
Die hoch sich türmt, wogt deiner Seele Schauer,
In dir und ihm der gleiche Abgrund klafft.

Du liebst es, zu versinken in dein Bild,
Mit Aug' und Armen willst du es umfassen,
Der eignen Seele Sturm verrinnen lassen
In seinem Klageschrei, unzähmbar wild.

Ihr beide seid von heimlich finstrer Art.
Wer taucht, o Mensch, in deine letzten Tiefen,
Wer kennt die Perlen, die verborgen schliefen,
Die Schätze, die das neidische Meer bewahrt?

Und doch bekämpft ihr euch ohn' Unterlass
Jahrtausende in mitleidlosem Streiten,
Denn ihr liebt Blut und Tod und Grausamkeiten,
O wilde Ringer, ewiger Bruderhass!

Don Juan in der Unterwelt

Als Don Juan, den schwarzen Fluss erreichend,
Den Fährmann zahlte und bestieg das Schiff,
Ein finstrer Bettler, Antisthenes gleichend,
Mit starkem Rächerarm zum Ruder griff.

Laut stöhnend warfen sich die Frau'n zur Erde,
Mit schlaffen Brüsten und zerfetztem Kleid,
Wie Brüllen einer aufgescheuchten Herde
Klang ihr Geschrei, gedehnt, voll dumpfem Leid.

Sganarell heischte Lohn, sein Lachen schwirrte.
Indes Don Louis, die Greisenhand gereckt,
Der Totenschar, die an den Ufern irrte,
Den Sohn wies, der sein Haupt mit Schmach bedeckt.

Nah ihrem Gatten, fröstelnd, sass Elvire,
In ihrer Trauer aller Anmut bar,
Fleht' um das letzte Lächeln letzter Schwüre,
So süss und falsch wie jenes erste war. –

Ein grosser fremder Mann, in Stahl die Glieder,
Lenkte das Steuer, steinernen Gesichts.

Der bleiche Held beugte aufs Schwert sich nieder,
Betrachtete die Flut und weiter nichts.

An Theodor von Banville

Du hast die Muse so beim Haar ergriffen.
So herrisch sie besiegt voll schöner Lässigkeit,
Dass du ein Held erschienst, ein Bravo, der im Streit
Sein Lieb erdolcht, die Waffe blankgeschliffen.

Dein Blick war feurig und voll junger Kraft,
Und Kühnheit zeigtest du und Stolz und Stärke
Im künstlerischen Wunderbau der Werke,
Aus denen atmet künftige Meisterschaft.

Uns Dichtern starrt das Blut im Glück, im Leid.
War's Zufall, dass man des Kentauren Kleid,
Das Blut und Mark gerinnen liess in Qualen,

Im scharfen Gift getränkt zu dreien Malen,
Das aus rachsüchtiger Schlangen Geifer rinnt,
Die Herakles im Spiel erwürgt als Kind?

Züchtigung des Hochmuts

In jener alten Zeit, als noch Theologie
Eifrig betrieben ward voll Kraft und Energie,
Trug es sich zu, dass ein gar weiser, frommer Mann,
Der selbst die Lässigsten noch schlug in seinen Bann
Und sie der finstern Macht des Bösen abgerungen,
Zu weit auf jenem Weg, ihm selber fremd, gedrungen,
Der zu dem Himmelsglanz erhabner Wonnen führt,
Den nur die reinste Schar der Geisterwelt berührt,
Und schwindelnd, wahnerfasst, da er zu hoch gestiegen,
Satanischem Gelüst des Hochmuts musst' erliegen.

„Mir, kleiner Jesus, mir verdankst du deinen Ruhm,
Hätt' ich statt des enthüllt dein sündig Menschentum,
Müsst' deine Schmach so hoch wie jetzt die Ehre gelten,
Als Spott und Missgeburt durchirrtest du die Welten!"

In diesem Augenblick entfloh ihm der Verstand,
Ein schwarzer Flor sich um sein leuchtend Denken wand,
Das Chaos wirbelte durch seine kranke Seele,
Lebender Tempel einst voll Ordnung und ohn' Fehle,
Von dessen Dach gestrahlt der hellsten Lichter Pracht,
Auf ihn sank Schweigen jetzt und Finsternis und Nacht.
Ein Grabgewölb' zu dem den Schlüssel man verloren.

Von nun an ward er gleich den Tieren vor den Toren,
Und wenn er schwankend schlich durch lauter Gassen Flut,
Nicht fühlend Winterfrost, nicht fühlend Sommerglut,
Alt, schmutzig und verbraucht, mit blind' und tauben Mienen,
Musst' er der Kinder Spott als Ziel und Scheibe dienen.

Die Schönheit

Schön bin ich, Sterbliche, ein Traum von Stein,
Mein Busen trieb euch oft in blutige Sünde,
Die Glut, die euren Dichtern ich entzünde,
Muss wie der Urstoff stumm und ewig sein.

Ich throne hoch in blauer Rätselpracht,
Kühl wie der Schnee, weiss wie das Kleid des Schwanen,
Ich hasse jedes Schwanken aus den Bahnen,
Ich habe nie geweint und nie gelacht.

Die Dichter, die mein stolzes Wesen lieben
– Fast scheint's von stolzen Bildern nur entlehnt –,
Vergebens sich in strengen Formeln üben,

Denn ihnen schenk' ich, was ihr Herz ersehnt:
Den reinen Spiegel, schönren Lebens Quelle,
Mein weites Aug', mein Aug' voll ewiger Helle.

Das Ideal

Nie sind's die zarten Schönen der Vignetten,
Ärmliche Zeugnisse aus kranker Zeit,
Die mit verschnürtem Fuss, die Hand an Kastagnetten,
Ein Herz wie meins erfüllt mit Freudigkeit.

Lasst Gavarni die blut- und seelenlosen
Lispelnden Schönen aus dem Hospital!
Nicht eine dieser schwanken, bleichen Rosen
Gleicht meinem glutenroten Ideal.

Nein, für mein abgrundtiefes Herz erwähle
Ich, Lady Macbeth, dich, gewaltige Seele,
Äschlos' Traum, erblüht im nordischen Wind;

Und dich, erhabene Nacht, Buonarrotis Kind,
Die still in seltsam fremder Ruh' entfaltet
Die Reize, für Titanenmund gestaltet.

Die Riesin

Zur Zeit, da der Natur, der kräftevollen.
Gewaltige Kinder gross und wild gediehn,
Hätt' ich bei einer jungen Riesin leben wollen,
Wie eine Katze auf der Königin Knien.

Ich hätt' erspäht in ihrem Spiel, dem tollen,
Des Leibes Wachsen und der Seele Blühn,
Den leichten Tau, der ihrem Aug' entquollen,
Der tief versteckten, düstern Flamme Glühn.

Hätt' ihrer mächtigen Glieder Pracht umstreichelt,
Auf ihre stolzen Kniee mich geschmeichelt,
Und manchmal, wenn die kranke Sommerglut

Sie müd dahingestreckt auf sonnigen Matten,
Hätt' schlummernd ich an ihrer Brust geruht,
Ein friedlich Dorf in mächt'ger Berge Schatten.

Die Juwelen

Die Holde war ganz nackt, doch kennt den Liebsten sie
Und hatte sich geschmückt mit klingendem Geschmeide,
Des überreiche Pracht ihr sieghaft Aussehn lieh,
Maurischen Sklaven gleich in ihrem Feierkleide.

Wenn hell und spöttisch klirrt im Tanze Gold und Stein,
Und alles flimmernd sprüht von leuchtenden Juwelen,
Ergreift Verzückung mich, und bis zu Wut und Pein
Lieb' ich die Dinge, drin sich Klang und Licht vermählen.

Nun lag sie da, umglüht von zärtlichem Begehr,
Und lächelte voll Lust von ihres Diwans Kissen
Auf meine Liebe, die, anschwellend wie das Meer,
Aus nächtigen Tiefen stieg, zum Ufer hingerissen.

Die Blicke hielten mich wie ein gezähmtes Tier,
Unsicher, träumerisch bewegte sie die Glieder,
Und Kindlichkeit, vermischt mit Lüsternheit und Gier,
Goss neuen Zaubers Reiz auf jede Wandlung nieder;

Und all die Herrlichkeit, Schenkel und Arm und Bein,
Glänzend und schwanengleich in sanfter Biegung schwellen
Sah mein entzückter Blick, mein Auge klar und rein;
Die Brüste, Trauben, die an meinem Weinstock quellen,

Sie nahten schmeichlerisch, den bösen Engeln gleich,
Aus ihrer Ruhe mir die Seele aufzustören,
Und sie, die einsam thront im stillen, kühlen Reich
Auf dem kristallnen Fels, zu quälen und betören.

Ich glaubt' vereint zu sehen, was ich noch nie geschaut,
Antiopes Hüften und die Schultern eines Knaben,
Den kräftigen Gliedern und der fahlen, braunen Haut
Die duftigen Salben fremde Reize gaben!

Das Licht glomm langsam aus, ergab sich still dem Tod,
Nur vom Kamin der Schein flackerte hin und wieder,
Und immer, wenn die Glut aufseufzte, floss es rot,
Ein blutiger Strom, um ambrafarbne Glieder!

Die Maske

Statue im Geschmack der Renaissance
Dem Bildhauer Ernest Christophe

Dies Kleinod sieh aus Florentiner Tagen;
Des Körpers weiche Biegung, darin Kraft
Und Anmut, holde Schwestern, sich vertragen,
Fürwahr, dies Frauenbild ist zauberhaft!
So göttlich derb, so zierlich zum Entzücken,
Erschaffen nur für Prunk und Leidenschaft,
Um Päpste oder Fürsten zu beglücken.

Sieh auch dies Lächeln fein und lasterhaft,
Drin Eitelkeit und Hochmut Feste feiern,
Den heimlich schwülen Blick, den Spott durchbricht,
Das zärtliche Gesicht, umrahmt von Schleiern,
Drin jede Miene wie ein Sieger spricht:
„Die Wollust ruft mich, Liebe wird mich krönen!'„
Hast du Verführung, Anmut je gesehen

So hold wie hier die Majestät verschönen?
Komm, lass uns rings um ihre Schönheit gehen!
O Lästerung der Kunst! O seltsam Grauen!
Muss ich dies göttergleiche Wesen hier
Als doppelköpfig Ungeheuer schauen?

Doch nein, nur Maske, trügerische Zier
Sind des erlesnen Antlitz lichte Züge;
Sieh her, das wahre Bild von Leid verzerrt,
Das krampfverzogne Antlitz, das die Lüge
So gleisnerisch dem Blick der Welt versperrt.
Du arme Schönheit! Wie mit lichten Wellen
Dein Tränenstrom sich in mein Herz ergiesst;
Dein Trug berauscht mich, und die Seele schwellen
Fühl' ich beim Leid, das deinem Aug' entfliesst.

Doch warum weint sie? So von Kraft getragen,
So schön, dass, wer sie sieht, in Andacht bebt,
Welch Leid kann ihre Götterbrust zernagen? –
Sie weint, o Tor, sie weint, weil sie gelebt!
Und weil sie noch lebt! Das lässt sie erbeben
Und schaudert fröstelnd durch die Glieder ihr,
Dass morgen sie und übermorgen leben,
Und immer, immer leben muss! – wie wir.

Hymne an die Schönheit

Kommst du vom Himmel herab, entsteigst du den Schlünden?
Aus deines teuflischen, göttlichen Blickes Schein
Strömen in dunkler Verwirrung Tugend und Sünden,
Schönheit, und darin gleichst du berauschendem Wein.

Du trägst im Aug' der Sonne Sinken und Steigen,
Du birgst den Duft gewitterschwüler Nacht,

Deine Lippen sind leuchtende Schalen, und wenn sie sich neigen,
Haben sie Helden schwach und Kinder zu Helden gemacht.

Entfliehst du zum Abgrund, steigst auf du zu himmlischen Strahlen.
Der bezauberte Geist folgt hündisch der Spur deines Lichts!
Du schüttest nach Laune Freuden aus oder Qualen,
Beherrschst uns alle und verantwortest nichts.

Du trittst auf Leichen, Schönheit, und lachst unsrer Qualen,
Entsetzen umschmiegt deine Brust wie Juwelen und Gold,
Auf dem stolzen Leib seh' ich zärtlich tanzen und strahlen
Den Meuchelmord, kostbar Geschmeid, dem vor allem du hold.

Die scheuen Falter dein Leuchten, Kerze, umschweben,
Die Flamme segnend büssen sie ihr Gelüst,
So gleicht, wer sein Lieb umarmt mit Keuchen und Beben,
Dem Todgeweihten, der seine Bahre küsst.

Ob du vom Himmel kommst, ob aus nächtigen Orten,
Gleichviel, o Schönheit, dem Dämon, dem Kinde verwandt,
Öffnet dein Auge, dein Lächeln mir nur die Pforten
Des unendlichen Alls, das ich liebe, doch nimmer gekannt.

Von Gott oder Satan, Engel oder Sirene,
Gleichviel, nur gib mir, o Herrin, samtäugige Fee,
Du Wohlklang und Leuchten und Duft, dass verschönert ich wähne
Die hässliche Erde und leichter den Augenblick seh'.

Fremdländischer Duft

Wenn ich geschlossnen Augs in Abendglut
Einschlürfe deinen warmen Duft mit Beben,
Seh' ich ein herrlich Ufer sich erheben
Aus einem Meer, drauf ewiges Leuchten ruht.

Ein schwellend Eiland, dem der Sonne Flut
Seltsame Bäume, saftige Frucht gegeben
Und schlanke Männer voller Kraft und Leben
Und Frauen, deren Blick voll Glanz und Mut.

Dein Hauch führt mich zu lieblichen Gestaden,
Im Hafen seh' ich Schiff an Schiff beladen
Und von der langen Reise müd und schwer.

Ich schlürf den Duft von Tamarindenbäumen,
Der sich vermischt in meinen wachen Träumen
Dem Sang der Schiffer auf besonntem Meer.

Das Haar

O Vlies des Wellen auf die Schultern fluten!
O Locken, schwer von müdem Wohlgeruch,
Erinnerungen, die da träumend ruhten,
Verzückung fühl' ich durch den Abend gluten,
Breit' ich die Locken wie ein wehend Tuch.

Asiens Schmachten, Afrikas Erglühen,
Die Ferne fühl' ich, längst verwehte Luft,
Duftenden Wald aus deinen Tiefen sprühen.
Mag Andrer Geist auf Tönen schwellend blühen,
Der meine, Liebe, schwimmt auf deinem Duft.

Dorthin, wo Baum und Mensch voll Saft und Leben
In Sonnenglut sich dehnt zu langer Rast,
Seid Flechten, Wellen mir und lasst mich schweben,
Meer, schwarz wie Ebenholz, du sollst mir weben
Den Traum von Segel, Flamme, Ruder, Mast.

Träumend will ich des Hafens Lärm durchschreiten,
Tief atmen will ich Duft und Ton und Licht,
Wo Wellen schwer wie Gold und Atlas gleiten,
Die mächtigen Schiffe ihre Arme breiten
Zur ewigen Glut, die brausend niederbricht.

Tief tauche ich mein Haupt von Liebe trunken,
Ins dunkle Meer, drin jenes andre ruht,
Mein Sinn, umschmeichelt und ins Spiel versunken,
Erkennt dich wieder, Trägheit, Lebensfunken,
Ewiges Wiegen lässig müder Flut.

Du bläulich Haar, Tempel voll Finsternissen,
Um mich gebreitet webst azurnen Raum,
Ich trink' auf weicher Locken flaumgem Kissen
Berauscht den Duft den süssen, Ungewissen
Von Bisam, Teer und Öl vom Kokosbaum.

Lang, immer werd' ich auf die schweren Strähnen
Rubinen streuen, Perlen, Saphirstein,
Dass nie du taub wirst meinem Wunsch und Sehnen,
Oase meiner Träume, meiner Tränen
Kelch, draus ich schlürfe der Erinnrung Wein.

So bete ich dich an

So bete ich dich an, wie nächtiger Wölbung Neigen,
Urne der Traurigkeit, o grosses, dunkles Schweigen,
Und liebe, Schöne, dich gleich heiss, ob du mich fliehst,

Ob du, Zierat der Nacht, durch meine Träume ziehst,
Um lächelnd und voll Spott endlose Kluft zu breiten,
Die meine Arme trennt von blauen Ewigkeiten.
Zum Angriff stürme ich, berenne, dringe vor
Wie an dem Leichnam klimmt der Würmer Schar empor,
Liebkos dich, grausam Tier. – Du höhnst mein Liebesmühen,
Doch deine Kälte lässt nur heisser mich erglühen.

Du locktest gern die Welt

Du locktest gern die Welt in deine Dirnengasse!
In dir ward Überdruss zur Grausamkeit, zum Hasse,
Und deiner Zähne Kraft übst du in Spiel und Scherz,
Zermalmend jeden Tag ein neues Menschenherz.
Der Augen Flackerglanz gleicht jenen falschen Strahlen,
Womit beim Festgepräng Schaubuden glitzernd prahlen,
Verlockend laut und frech mit der erborgten Pracht,
Nicht ahnend ihr Gesetz und ihrer Schönheit Macht.
Maschine blind und taub, zur Grausamkeit nur taugend,
Heilsames Werkzeug du, das Blut der Menschheit saugend,
Hat dich der Ekel nie ob deiner Schmach erfasst,
Sahst du vorm Spiegel nie, wie Reiz um Reiz verblasst?
Des Unheils Grösse, die du glaubtest zu durchschauen,
Hat niemals dich vermocht, zu wenden Qual und Grauen,
Wenn die Natur voll List im tief verborgnen Sinn
Dich ausersehn, o Weib, des Lasters Königin,
Aus dir, niedrig Geschöpf, den Genius zu gestalten –
O Grösse voller Schmutz! Schmachvoll erhabnes Walten!

Sed non satiata

Seltsame Gottheit, düster wie die Nacht,
Drin Moschus- und Havannaduft sich mischen,

Fremdartig Werk des Grossen, Zauberischen,
Hexe aus Ebenholz, Kind schwarzer Mitternacht.

Der Trank von deinem Mund hat süssen Opiums Macht.
Zu dir in Zügen langen, träumerischen
Die Wünsche ziehn. Dein schwarzes Aug' inzwischen
Stillt der Zisterne gleich den Durst, den es entfacht.

In diesen Augen, Seufzern deiner Seele,
O Mitleidlose, deine Flammen hehle;
Ich bin nicht Styx, dich neunmal zu umfahrn,

Und kann nicht gleichen, zügellose Dirne,
Zu brechen deine Kraft, zu bleichen deine Stirne
Im Schlamme deines Betts, Proserpinan.

In ihrem Kleid

In ihrem Kleid, das wie Perlmutter schimmert,
Scheint sie zu tanzen, selbst wenn sie nur geht,
Wie eine Schlange, die sich biegt und flimmert
Und auf des heiligen Gauklers Stab sich dreht.

Wie Wüstensand und Himmel unbekümmert
Um Menschenleid, das angstvoll ruft und fleht,
So wie die Welle, die den Damm zertrümmert,
Lebt sie dahin in träger Majestät.

Ihr Auge glänzt wie kaltes Mineral;
Und auf der Fremden und Geheimnisvollen,
In der sich Sphinx und Engel paaren wollen,

Die ganz aus Schimmer, Diamant und Stahl,
Liegt nutzlos funkelnd, wie ein Stern im Blauen,
Die kalte Hoheit unfruchtbarer Frauen.

Die Schlange, die tanzt

Holde Lässige, wie gerne
Dich mein Auge schaut,
Wenn gleich einem schwanken Sterne
Schillert deine Haut.

Auf des Haares weichen Schwellen,
Hauchend herb und lau,
Schweifend Meer voll duftger Wellen,
Wogend schwarz und blau

Zieht, wie nach des Winds Befehle
Schifflein ohne Ruh,
Meine träumerische Seele
Fernen Himmeln zu.

Ach, in deinen Augen schimmert
Nichts was herb noch hold,
Kalt Geschmeid, das frostig flimmert,
Stahl vermischt mit Gold.

Und dein Schreiten rhythmisch wiegend
Stolz und frei und schön
Mahnt an Schlangen, die sich biegend
Auf dem Stabe drehn.

Unter deiner Trägheit Bürde
Wiegst so zärtlich weich
Du dein kindlich Haupt voll Würde,
Jungen Tieren gleich.

Und du streckst dich, neigst dich wieder
Gleich dem Schiff, das ruht;

Und nur leise auf und nieder
Schaukelt mit der Flut.

Wie die Welle an der Klippen
Eisumstarrten Strand
Spült die Feuchte deiner Lippen
An der Zähne Rand.

Und ich trinke Feuerweine,
Bitter, stark wie Erz,
Himmel, die mit Sternenscheine
Überstreun mein Herz!

Ein Aas

Denkst du daran, mein Lieb, was jenen Sommermorgen
　　Wir sahn im Sonnenschein?
Es war ein schändlich Aas, am Wegrand kaum geborgen
　　Auf Sand und Kieselstein.

Die Beine hochgestreckt nach Art lüsterner Frauen,
　　Von heissen Giften voll
Liess es ganz ohne Scham und frech den Leib uns schauen,
　　Dem ekler Dunst entquoll.

Die Sonne brannte so auf dies verfaulte Leben,
　　Als koche sie es gar
Und wolle der Natur in hundert Teilen geben,
　　Was sie als eins gebar.

Der Himmel blickte still auf dies Gefaule nieder,
　　Wie er auf Blumen schaut.
So furchtbar war der Dunst, dir schauderten die Glieder
　　Von Ekel wild durchgraut.

Die Fliegen hörten wir summend das Aas umstreichen
Und sahn das schwarze Heer
Der Larven dichtgedrängt den faulen Leib beschleichen,
Wie ein dickflüssig Meer.

Und alles stieg und fiel aufsprudelnd, vorwärtsquellend
Nach Meereswogen Art,
Fast schien's, als ob dem Leib, von fremdem Leben schwellend,
Tausendfach Leben ward.

Und seltsame Musik drang uns von da entgegen,
Wie Wind und Wasser singt,
Wie Korn, das in dem Sieb mit rhythmischem Bewegen
Die Hand des Landmanns schwingt.

Die Formen ausgelöscht wie Träume und Legenden,
Entwürfe stümperhaft,
Die halbverwischt die Hand des Künstlers muss vollenden
Aus der Erinnrung Kraft.

Und eine Hündin lief unruhig dort hinterm Steine,
Uns traf ihr böser Blick,
Erspähend den Moment, zu reissen vom Gebeine
Das aufgegebne Stück. –

Und doch wirst einstmals du dem grausen Schmutz hier gleichen,
Dem Kehricht ekelhaft,
Du meiner Augen Licht, du Sonne ohnegleichen,
Stern meiner Leidenschaft.

Ja, so wirst du dereinst, o Königin der Güte,
Nach letzter Ölung sein,
Wenn du verwesend liegst tief unter Gras und Blüte
Bei schimmelndem Gebein.

Dann, Schönheit, sag' dem Wurm, der dich zerfleischt mit Küssen,
    Wie treu ich sie gewahrt
Die Göttlichkeit des Wesens, das zersetzt, zerrissen
    Von meiner Liebe ward.

De profundis clamavi

Zu dir, du Einzige, soll mein Ruf erschallen
Aus tiefster Nacht, darin mein Herz versank.
Hier ist die Luft wie Blei, die Erde krank,
Und Fluch und Schauder durch das Dunkel wallen.

Sechs Monde schwebt die Sonne kalt und fahl,
Sechs Monde sind von eisiger Nacht umsponnen,
Es grünt kein Baum, kein Strauch, es rauscht kein Bronnen,
Auf Erden ist kein Land so tot und kahl.

Und nichts auf dieser Erde weit und breit
Gleicht jener kalten Sonne Grausamkeit,
Dem Chaos dieser ungeheuren Nacht.

Das niedre Tier selbst meinen Neid entfacht,
Dem dumpf in Schlaf gewälzt der Tag vergeht,
Wenn langsam sich der Zeiten Spindel dreht.

Der Vampir

Die du wie des Messers kalter Stoss
In mein jammernd Herze bist gefahren,
Die du stark bist wie Dämonenscharen
Und im tollen Rausch erbarmungslos,

Die in meinem Geist schwach und gering
Eingenistet sich und eingebettet,

Schändliche, an die ich festgekettet
Wie der Sträfling an den Eisenring!

Wie der Spieler seiner tollen Sucht,
Wie der Trinker der Begierde Krallen,
Wie der Leichnam ist dem Wurm verfallen,
So verfiel ich dir, o sei verflucht!

Oft rief ich das rasche Schwert herbei,
Dass es mir die Freiheit neu erringe,
Und ich bat das falsche Gift, es bringe
Mir Erlösung aus der Tyrannei.

Doch verächtlich hat das rasche Schwert,
Hat das falsche Gift zu mir gesprochen:
„So hat dich die Sklaverei zerbrochen,
Dass du nimmer der Erhebung wert.

Tor und Schwächling, selbst wenn unsre Kraft
Dir Erlösung von der Schmach gegeben,
Würde deiner Küsse Leidenschaft
Deines Vampirs Leichnam neu beleben."

Lethe

Komm Grausame, nach der ich mich verzehre,
Komm schöner Tiger, der so lässig schleicht,
Wehr nicht der Hand, die zitternd dich umstreicht
Und wühlt in deines Haares üppiger Schwere.

In deiner Röcke duftig weicher Flut
Will ich, mein Haupt begrabend, still versinken
Und will wie Duft aus welken Blumen trinken
Den faden Hauch erstorbener Liebesglut.

Und schlafen will ich! Nicht mehr leben müssen!
In einem Schlummer wie der Tod so weich
Will deine Glieder, glatt und seidengleich,
Ich überstreun mit reuelosen Küssen.

Die wohligen Seufzer zu ersticken, kann
Nichts mit dem Abgrund deines Betts sich messen,
Auf deinem Mund wohnt mächtiges Vergessen,
Und Lethes Flut aus deinen Küssen rann.

Hinfort lass' vom Geschick ich blind mich führen
Voll Lust, als wär's mein vorbestimmtes Amt,
Fügsamer Märtyrer, schuldlos verdammt,
Dem Glut und Inbrunst noch die Qualen schüren,

Und will, um zu ertränken meinen Schmerz,
Das Opium und des guten Schierlings Laugen
Von dieser Brust der wunderbaren saugen,
Die nie umschlossen hielt ein Menschenherz.

Als ich bei einer Jüdin lag

Als ich bei einer Jüdin lag zur Nacht,
Ein Leichnam bei dem andern hingebreitet,
Hab' ich bei ihr, die hässlich, irrgeleitet,
Der düstern Schönen meines Traums gedacht.

Ich sah des Heimatlandes stolze Pracht,
Den ernsten Blick, drin Kraft und Anmut streitet,
Das Haar, das wie ein duftiger Helm sich spreitet
Und beim Gedanken schon mein Blut entfacht.

Voll Inbrunst hätte ich umhüllt den Leib
Vom Fuss bis zu der schwarzen Wellen Fluten
Mit meinen Zärtlichkeiten, meinen Gluten,

Hätt' einmal, grausam königliches Weib,
Einmal die Träne dir im Aug' gefunkelt,
Die dieses Sterns eiskalten Glanz verdunkelt.

Totenreue

Senkt man dich, schöne Düstre, einst hinab,
Und schläfst du unterm schwarzen Marmorstein,
Und nennst auf dieser Erde nichts mehr dein
Als jene finstre Höhle, die dein Grab,

Und drückt der schwere Stein, den man dir gab,
Den Busen dir, die Hüften schlank und fein,
Dämmt er des Herzens Schlag und Willen ein,
Grenzt er den Abenteurerweg dir ab,

Dann spricht das Grab, dem ich mein Leid vertraut,
Zu dir in langer, schlummerloser Nacht:
Das Grab versteht des Dichters Schmerzenslaut

„Was nützt's, du Törin, dass du nie bedacht,
Was weinend Tote noch im Grab beklagen?"
Wie Reue wird der Wurm am Fleisch dir nagen.

Die Katze

Komm, schöne Katze, und schmiege dich still
An mein Herz, halt zurück deine Kralle.
In dein Auge ich träumend versinken will,
Drin Achat sich verschmolz dem Metalle.

Wenn meine Hand liebkosend und leicht
Deinen Kopf und den schmiegsamen Rücken,
Das knisternde Fell dir tastend umstreicht
Sanft, doch berauscht vor Entzücken,

Dann seh' ich sie. Und ihres Blickes Strahl
Er scheint dem deinen, schönes Tier, zu gleichen,
Ist tief und kalt, scharf wie geschliffner Stahl,

Und feine Düfte fühl' ich zitternd streichen,
Gefährlich süssen Hauch, der gluterfüllt
Den braunen Leib von Kopf zu Fuss umhüllt.

Zweikampf

Zwei Krieger kämpfen; ihre Waffen schwirren,
Von Blut und Funken ist die Luft durchsprüht.
Der Schrei der Jugend, die in Liebe glüht,
Ist dieses Spiel, dies laute Waffenklirren.

Die Schwerter und die Jugend sind zersplittert!
Der scharfe Nagel und der Zahn, mein Lieb,
Sind was an Dolch und Degens Statt uns blieb.
O reifer Herzen Wut, von Lieb' erbittert!

In jene Schlucht, drin Luchs und Panther wüten,
Versanken unsere Helden kampfesbleich,
Und an den Sträuchern hängt ihr Fleisch wie Blüten.

In diese Hölle, unsrer Freunde Reich,
Lass, Grausame, uns reulos niedergleiten,
Dass unser Hass durchglüh' die Ewigkeiten!

Der Balkon

Du, der Erinnrung Quell, du Frau der Frauen,
Die all mein Leid und all mein Glück gebracht!
Kannst du im Geist die Freuden neu erbauen,
Des Herdes Süssigkeit, den Rausch der Nacht?
Du, der Erinnrung Quell, du Frau der Frauen.

In stillen Nächten bei der Kohle Glut,
Auf dem Balkon, vom rosigen Duft umgeben,
Wie war dein Busen süss, dein Herz mir gut,
Wir tauschten Worte, ewig wie das Leben,
In stillen Nächten bei der Kohle Glut!

An heissen Abenden wie schön die Sonne!
Der Raum so tief! Das Herz voll Kraft und Mut!
Ich neigte mich zu dir, o Königin der Wonne,
Und trank den Duft, den Duft von deinem Blut, –
An heissen Abenden wie schön die Sonne!

Dann sank die Welt in nächt'ge Dunkelheit,
Mein Auge suchte deins. Die Nacht ward stummer,
Ich trank dein Atmen, Gift voll Süssigkeit,
In meinen Bruderhänden lag dein Schlummer,
Dann sank die Welt in nächt'ge Dunkelheit.

Ich kann sie wecken, jene holden Zeiten,
Da all mein Glück in deinem Schoss geruht,
Denn wer kann wehmutvollre Lust bereiten,
Als es dein Leib, dein sanftes Herze tut?
Ich kann sie wecken, jene holden Zeiten.

Ihr Schwüre, Düfte, Küsse steigt hervor,
Steigt aus dem tiefen Abgrund meiner Qualen,
Wie Sonnen, die aus Meeresgrund empor
Zum Firmament in junger Schönheit strahlen ;
Ihr Schwüre, Düfte, Küsse steigt hervor!

Der Besessene

Die Sonne ward vom schwarzen Flor umhüllt.
O meines Lebens Mond verlösch die Strahlen;

Umwölk' dich, schlummre ein, verstumm' in Qualen
Und sink ins Leere tief und leider füllt:

So lieb' ich dich. Doch bist du heut gewillt,
Ein neuer Stern aus Schatten, neblig fahlen,
Mit deinem Glanz vor Toren hell zu prahlen,
So funkle Dolch, dein Sehnen sei gestillt!

Entflamme deinen Blick an tausend Kerzen!
Entflamme Gier in tausend rohen Herzen!
Wild oder matt, nur Lust kann dir entblühn;

Sei, was du willst, sei Nacht, sei rosiges Glühn;
All meine Fibern fühl ich nach dir beben:
Mein König Belzebub dein ist mein Leben!

Eine Erscheinung

Die Finsternisse

In Höhlen unerforschter Traurigkeit,
Wohin mich die Geschicke feindlich stiessen,
Wo niemals rosige Strahlen sich ergiessen,
Wo nur die mürrische Nacht mir Freundschaft leiht,

Bin ich ein Maler, den ein Gott im Scherz
Verdammt zu malen, ach! in dieser Wüste;
Bin ich ein Koch voll grausiger Gelüste,
Ich siede und verzehr' mein eignes Herz.

Nur manchmal strahlt und wächst aus tiefer Nacht
Ein Wesen, das aus Glanz und Duft gedichtet;
Wenn in des Ostens träumerischer Pracht

Es sich zu ganzer Höhe aufgerichtet,
Hab' ich das holde Rätsel schnell enthüllt:
Sie ist es! Dunkel, und doch glanzerfüllt.

Der Duft

Hast du, mein Leser, je nach Schwelgerart
Inbrünstiglich und langsam eingesogen
Den Weihrauchduft im dunkeln Kirchenbogen,
Den Moschushauch, den treu ein Kissen wahrt?

O zaubrisch tiefer Reiz, in dessen Wogen
Vergangenheit und Gegenwart sich paart,
Wie wenn der Freund Erinnrungsblüten zart
Um der Geliebten schlanken Leib gezogen.

Denn ihrem schweren Haar, das knisternd flammt,
Schwellendes Kissen mir und Weihrauchschale,
Entströmt der wilde Hauch, der brünstig fahle,

Aus ihrer Kleider Musselin und Samt,
Durchtränkt von ihrer Jugend, Düfte steigen,
Wie sie dem Fell der jungen Tiere eigen.

Der Rahmen

Wie schmückt ein schöner Rahmen das Gemälde!
Sei es von noch so hochberühmter Hand
Er gibt ihm seltsam reizvolles Gewand,
Da aus dem All er es erlösend wählte.

So war's, als ob Juwel und Gold vermählte
Sich ihrer seltnen Schönheit wie ein Band,
Das, nie verdunkelnd, ihren Glanz umwand,
Verzierung nur, daraus ihr Reiz sich schälte.

Sie glaubte, dass das All sie lieben müsse
Und tauchte fast erstickend in die Küsse,
Mit denen sie der seidne Pfühl umschmiegt.

Ihr schöner, nackter Leib, stets in Erregung,
Bot wild und sanft den Zauber der Bewegung,
Der in dem Spiel der jungen Tiere liegt.

Das Bild

Krankheit und Tod verlöschten längst die Funken
Des Feuers, das uns lohend einst umfing,
Der Augen Leuchten sanft und liebestrunken
Und jenen Mund, an dem mein Herz verging.

Was blieb von unsrer Küsse mächtigen Schauern,
von der Verzückung Rausch so stark und wild?
Ach meine arme Seele, du magst trauern!
Nichts blieb zurück, als ein verwischtes Bild,

Das stirbt wie ich, in Einsamkeit verborgen,
Und das die Zeit, der Greis voll böser Gunst,
Mit rauher Schwinge streift an jedem Morgen ...

Du düstrer Feind des Lebens und der Kunst,
Du sollst mir niemals im Gedächtnis morden
Sie, die mein Glück war, die mein Ruhm geworden!

Dir dieses Lied

Dir dieses Lied, wenn meines Namens Klang
An ferner Zeiten bleichen Strand getragen
Und abends Menschen träumen macht und klagen,
Ein glückhaft Schiff, das aus dem Norden drang,

Dass dann dein Name, gleich verwehten Sagen,
Den Leser quält, wie müder Trommelsang,
Und ewig du durch tief geheimen Zwang
In meiner stolzen Reime Netz geschlagen.

Verwünschtes Wesen, dem im Weltbereich,
In Höhn und Tiefen nur ich selber gleich,
O Schatten, dessen Spuren schnell vernichtet,

Du trittst in Staub mit leichtem Fuss und Herz
Das blöde Volk, das dich zu streng gerichtet,
Steinäugig Götterbild, die Stirn aus Erz!

Semper eadem

„Woher“ fragst du, „dies seltsam fremde Sorgen,
Dies Leid, das in dir schwillt wie Meeresflut?“
Ach, wenn das Herz die reife Frucht geborgen,
Wird Leben Qual, – Wir wissend allzu gut.

Das ist kein Rätsel voller Dunkelheiten,
Ein einfach Leid nur, das sich drängt zum Licht.
Drum schweige, Liebste, such' nicht Heimlichkeiten,
Ist auch die Stimme sanft, o frage nicht!

Frag' nicht, du Törin, Herz voll Klang und Beben,
Lächelnder Mund! – Viel stärker als das Leben
Hält uns der Tod in seinem Netz umfasst.

Lass, lass mich Rausch aus einer Lüge trinken,
In deines Blicks traumseliger Nacht versinken,
Gib mir im Schatten deiner Wimpern Rast.

Ganz und Gar

Der Böse trat heut in mein Zimmer
Und fragt', mich zu versuchen, schlau:
„Von all dem Reiz, von all dem Schimmer,
Der wogt um die geliebte Frau,

Von all den schwarz und rosigen Dingen,
Die hold berauschen deinen Sinn,
Draus ihres Wesens Zauber klingen,
Was nimmt dich wohl am stärksten hin?

Was ist das schönste?“ – Meine Seele
Zu dem Verworfnen also sprach:
„An ihr ist alles ohne Fehle,
Es steht kein Reiz dem andern nach.

Da alles hold, warum mich sorgen,
Was mich am meisten glücklich macht?
Sie leuchtet wie der rosige Morgen
Und tröstet wie die dunkle Nacht.

Die Harmonie ist so erlesen,
Die Leib und Seele hält in Bann,
Dass man ihr zart melodisch Wesen
Nicht in Akkorde lösen kann.

Seltsam geheimnisvolles Weben,
Das meine Sinne wirrt und eint,
Durch ihre Stimme Düfte schweben,
Ihr Atem Klang und Wohllaut scheint.“

Was sagst du heute abend

Was sagst du heute abend, arme Seele,
Was sagst du Herz, schon fast verwelkt, verblüht,
Der schönen, holden Göttin ohne Fehle,
Ihr, deren Blick belebend dich durchglüht?

All unser Stolz ist ja, ihr Lob zu singen,
In deren Dienst die müde Seele ruht,
Um ihren Leib sich Himmelsdüfte schwingen,
Ihr Aug' umkleidet uns mit lichter Glut.

Mag ich zur Nacht im Zimmer stumm, allein,
Auf lautem Markt im Volksgedränge sein,
Ihr Geist umschwebt mich hell wie eine Sonne

Und flüstert: „Ich bin Glanz aus lichten Höhn,
Um meinetwillen liebe nur was schön,
Denn ich bin Schutzgeist, Muse und Madonne."

Die lebende Fackel

Es schreiten mir voran zwei Augen voller Glühen,
Ein Gott gab ihnen einst die magische Zaubermacht;
Ein hehres Brüderpaar, mein Brüderpaar, sie ziehen
Und streun demantne Glut in meiner Augen Nacht.

Sie schützen mich vor Schuld und Fall und Strafe,
Sie führen mich zur Schönheit sanft und lind,
Sie sind mir Diener, und ich bin ihr Sklave,
Und der lebendigen Fackel folg' ich blind.

Ihr holden Augen strahlt so heilig rein,
Wie Kerzen, die am lichten Tage wehen.
Der Tag verblasst, doch löscht nicht euren Schein.

Sie feiern Tod, ihr singt von Auferstehen;
Von meiner Seele Auferstehn ihr singt,
Ihr Sterne, die kein Sonnenlicht bezwingt.

An sie, die allzufroh

Dein Haupt, dein Blick, dein Gang
Sind schön wie die schönsten Auen,
Wie frischer Wind im Blauen
Spielt Lachen dir um Augen, Mund und Wang

Der Gram, der dein Auge feuchtet,
An jener Kraft zerbricht,
Die hell wie klares Licht
Von deinen Armen, deinen Schultern leuchtet.

Die Farben in grellem Glanz,
Die dein Gewand bedecken,
In Dichters Geist erwecken.
Ein Bild von lieblich leichtem Blumentanz.

Die tollen Kleider passen
Zur Tollheit, deren Macht
Mich so zum Narren macht,
Dass ich dich glühend lieben muss und hassen.

Oft wenn im lichten Park
Ich schleppe meine Qualen,
Fühl' ich die Sonnenstrahlen
Wie Hohn mir brennen tief in Hirn und Mark.

So schwer ins Herz mich trafen
Des Frühlings Glanz und Glut,
Dass ich in heisser Wut
Auf Blumen schlug, um die Natur zu strafen.

So möcht' ich einst zur Nacht,
Wenn der Wollust Stunden klingen,
Zu deinen Schätzen dringen,
Ein Feigling zu dir kriechen stumm und sacht.

Dich züchtigen, du Gesunde,
Zerpressen deine Brust,
Ins blühende Fleisch voll Lust
Dir schlagen eine breite, tiefe Wunde.

Und – Wollust unerhört! –
Durch dieser Lippen Reine
Giess' ich das süsse, feine,
Mein schändlich Gift, das, Schwester, dich zerstört.

Hingabe

Engel voll Heiterkeit, kennst du die finsteren Mächte,
Kennst du das Schluchzen der Reue, der Scham und der Gier,
Kennst du das fiebernde Grauen der furchtbaren Nächte,
Die das Herz uns zerpressen, zerknittern wie schwaches
Papier?
Engel voll Heiterkeit, kennst du die finsteren Mächte?

Engel voll Güte, kennst du das lautlose Hassen,
Fäuste im Dunkeln geballt und die Tränen der Wut,
Wenn Rachsucht und Wildheit den Weckruf erschallen lassen,
Zu Herren sich machen über den Geist und das Blut?
Engel voll Güte, kennst du das lautlose Hassen?

Engel voll Reinheit, kennst du die fiebrischen Qualen,
Die an der endlosen Krankenhausmauer entlang
Wie Verdammte sich schleppen, lechzend nach
Sonnenstrahlen,

Seltsam die Lippen bewegend, mit zögerndem Gang?
Engel voll Reinheit, kennst du die fiebrischen Qualen?

Engel voll Schönheit, kennst du die schmerzlichen Falten,
Die Angst vor dem Alter und jener quälenden Pein,
Was wir so lange für Glück und für Liebe gehalten,
In lächelnden Augen zu lesen als Treue allein?
Engel voll Schönheit, kennst du die schmerzlichen Falten?

Engel voll Güte und Freude, du leuchtende Sonne,
Der sterbende David hätte Genesung erfleht
Von deines herrlichen Leibes strahlender Wonne,
Ich aber flehe nur eines: denk' mein im Gebet,
Engel voll Güte und Freude, du leuchtende Sonne!

Geständnis

Einmal, nur einmal war's in dunkler Stunde,
Dein weicher Arm hielt meinen Arm umfasst.
(Nie ist auf meiner Seele finstrem Grunde,
Du Liebe, Süsse, dieser Tag verblasst.)

Spät war's der Mond hing an dem Himmelsdome,
Ein goldnes Schaustück auf dem dunklen Fries,
Und feierlich gleich einem weiten Strome
Durchrann die Nacht das schlafende Paris.

Aus dunklem Torweg, längs der Häuser schleichend
Huschte der Katzen weich verstohlener Tritt,
Wachsamen Ohres, lieben Schatten gleichend
Verfolgten sie uns langsam Schritt für Schritt.

Und plötzlich durch das tief vertraute Schweigen,
Das uns in dieser bleichen Nacht erblüht,

Hört' ich ein Seufzen deiner Brust entsteigen,
Dem reinen Instrument, drin Frohsinn sprüht.

Das sonst wie eine freudige Fanfare
Heiter und hell ertönt im Morgenstrahl,
Aus ihm entfloh der fremde, sonderbare,
Zitternde Seufzer voll verhaltener Qual,

Gleich einem Kind, missraten und voll Tücken,
Das seiner Eltern Haupt mit Schmach bedeckt,
Und das sie vor der Welt schmähsüchtigen Blicken
In einer dunklen Höhle tief versteckt.

Du armer Engel, so sang deine Klage:
„Gibt's denn auf Erden Treue, die nicht bricht?
Ach, immer, welche Maske sie auch trage,
Schaun wir der Selbstsucht in das Angesicht.

Kein leichtes Los, das Los der schönen Frauen,
Die leere Mühsal einer Tänzerin,
Die sinnlos lächelt und in Todesgrauen
Noch immer lächelt starr und ohne Sinn.

An Andrer Herz zu klopfen, wie vermessen!
Alles zerbröckelt, Glück und Jugendzeit,
Bis mit der grossen Schaufel das Vergessen
Die Scherben sammelt für die Ewigkeit!“

Oft weck' ich jene bleichen Mondesstrahlen,
Die warme Stille, die kein Hauch bewegt,
Und das Geständnis, das du unter Qualen
Am Beichtstuhl eines Herzens abgelegt.

Geistige Morgenröte

Wenn an des Wüstlings Bett die bleiche Frühe
Gemeinsam tritt mit nagend bittrer Not,
Dann scheint's, als ob nach rächendem Gebot
Im dumpfen Tier ein Engel neu erblühe.

Der fernen Himmel unerreichbar Blau
Winkt ihm, auf dem noch Traum und Leiden wuchten,
Es öffnet sich und lockt wie tiefe Schluchten.
Und so, du göttlich reine, zarte Frau,

So flattert über toller Feste Trümmer
In ewiger Klarheit, rosig, licht und mild
Vor meinem weiten Blich dein leuchtend Bild.

Die Sonne löscht der Kerzen matt Geflimmer,
So siegst auch du, – durch dumpfen Nebel bricht
Dein strahlend Herz: unsterblich Sonnenlicht!

Abendklänge

Die Stunde ist's, da ihre Kelche breiten
Die Blumen und wie Weihrauchschalen stehn,
Klänge und Düfte sich im Winde drehn,
Schwermütiger Walzer, zärtlich sanftes Gleiten.
Die Blumen still wie Weihrauchschalen stehn,
Die Geige bebt, ein Herz klagt aus den Saiten,
Schwermütiger Walzer, zärtlich sanftes Gleiten,
Ein grosses Grab der Himmel, ernst und schön.
Die Geige bebt, ein Herz klagt aus den Saiten,
Ein Herz das flieht vor Nacht und Untergehn.
Ein grosses Grab der Himmel, ernst und schön
Und blutigrot der Sonne still Entgleiten.
Ein Herz das flieht vor Nacht und Untergehn

Zum letzten Strahl erloschner Herrlichkeiten,
Und blutigrot der Sonne still Entgleiten,
In heiligem Glanz seh' ich dein Bild erstehn.

Das Flakon

So starke Düfte gibt's, dass sie den Stoff bezwingen,
Mit ihrer feinen Kraft Glas und Kristall durchdringen.
Ein Kästchen öffnest du aus fernem Morgenland,
Des Schloss nur knirschend weicht in mürrischem Widerstand,

Vielleicht auch einen Schrein in längst verlassnen Räumen
Voll schwerer Moderluft, drin Staub und Spinnweb träumen,
Da liegt ein alt Flakon, das deiner sich entsinnt,
Draus eine Seele strömt und sprudelnd überrinnt.

Schmetterlingspuppen gleich tausend Gedanken schliefen,
Sanft schauernd wie im Traum in Nächten schweren, tiefen,
Nun bebt ihr Flügelpaar, hebt sie zu Flug und Tanz,
Gold und azurgefärbt und spiegelnd rosigen Glanz.

Erinnerung flattert auf, berauschend, giftdurchdrungen,
Die Augen schliessest du, Schwindel hält dich umschlungen
Und stösst mit wildem Arm dich hart und unbeugsam
In eine finstre Schlucht voll Unrat, Gift und Schlamm;

In tausendjährige Gruft wirft er die Seele nieder,
Wo Lazarus, erwacht, regt die gespenstigen Glieder,
Zerreissend sein Gewand, voll Glut und wilder Kraft
Uralter Liebe denkt, vermodert, leichenhaft.

So, wenn ich längst entschwand aus menschlichem Gedenken
In einem finstern Schrein, darein sie mich versenken,
Ein alt verstaubt Flakon, des keiner mehr bedarf,
Das man zerstört, beschmutzt achtlos beiseite warf,

Dann, holder Höllenduft, will ich dein Sarg auf Erden
Und deiner Schädlichkeit Beweis und Zeugnis werden,
Du liebes Gift, gemischt nach himmlischem Gebot,
Du Saft, der an mir nagt, mein Leben und mein Tod!

Das Gift

Der Wein verwandelt oft die schmutzigsten Spelunken
In Schlösser voller Märchenpracht,
Und Säulenhallen er vor uns erstehen macht
Aus rotem Dunst und goldnen Funken,
Wie eine Sonne, die versinkt in Nebelnacht.

Das Opium weitet aus, was ohne Grenz' und Schranken,
Es dehnt die Unermesslichkeit,
Es höhlt der Wollust Rausch, vertieft das Meer der Zeit,
Und mit Genüssen, schwarzen, kranken
Macht es die Seele übervoll und weit.

Nichts aber gleicht dem Gift aus deinen grünen Augen,
Den tiefen Seen, drin gramerfüllt,
Verzerrt und zitternd malt sich meiner Seele Bild,
Aus denen durstige Träume saugen
Die tiefe Bitternis, die Qualen weckt und stillt.

Nichts aber gleicht dem Gift, dem Gift von deinem Munde,
Das in mir wühlt und mich verzehrt,
Die Reue tötet und schamlos Vergessen lehrt,
Den Wahnsinn träufelt in die Wunde
Und mit dem irren Geist taumelnd zur Hölle fährt.

Umschleierter Himmel

Durch dunstigen Schleier scheint dein Auge zu glühn.
Geheimnisvoll (ist's grau, ist's blau oder grün?)

Spiegelt sein zärtlicher, träumender, grausamer Blick
Des blassen Himmels müden Gleichmut zurück.

Du bist wie die weissen Tage, umschleiert, gedämpft,
Da vergeblich das fiebernde Herz die Tränen bekämpft,
Da ein unbekannt Weh die Nerven zerquält und zerreisst,
Bis die allzu Wachen verspotten den schläfrigen Geist.

Dem Streifen, dem fernen, schönen, scheinst du verwandt,
Dem die herbstliche Sonne durch Nebel ihr Glühen gesandt.
Wie schimmerst du lieblich, du feuchtes, erfrischendes Tal,
Umspielt von des dunstigen Himmels mattblinkendem Strahl.

O gefährliche Frau, o verführende, zaubrische Luft!
Ich lieb' euren Schnee und des Reifes nebligen Duft,
Doch weiss ich, wie man im Winter sich Freude erringt,
Die schärfer als Eis und als Stahl uns glühend durchdringt.

Die Katze

I

In meinem Hirn, als wär's ihr eigner Raum,
Schleicht auf und nieder auf der weichen Tatze
Geschmeidig sanft die schöne, stolze Katze.
Und ihrer Stimme Ton vernimmt man kaum,

So zart und heimlich ist ihr leis Miauen.
Und ob sie zärtlich, ob sie grollend rief,
Stets ist der Klang verhalten, reich und tief
Und Zauber weckend und geheimes Grauen.

Die Stimme, die wie schwere Perlen sank
In meines Wesens dunkle Gründe nieder,
Erfüllt mich wie der Klang der alten Lieder,
Berauscht mich wie ein heisser Liebestrank.

Sie schläfert ein die grausamsten Verbrechen,
Verzückung ruht in ihr. Kein Wort tut not,
Doch alle Töne stehn ihr zu Gebot
Und alle Sprachen, die die Menschen sprechen.

Auf meiner Seele Saitenspiel liess nie
Ein andrer Bogen so voll Glut und Leben
Die feinsten Saiten schwingen und erbeben,
Kein anderer so königlich wie sie,

Wie deine Stimme, rätselvolles Wesen,
Seltsame Katze, engelgleiches Tier,
Denn alles, Welt und Himmel ruht in ihr,
Voll Harmonie, holdselig und erlesen.

II

Und ihrem weichen Fell, das braun und fahl,
Entsteigt ein Hauch, so süss die Sinne labend,
Dass ich davon durchduftet bin am Abend,
Berührt ich's streichelnd nur ein einzig Mal.

Von je des Orts vertrauter Geist gewesen,
Herrscht sie und richtet und beseelt zugleich
Ein jedes Ding in ihrem weiten Reich;
Ein Feenkind vielleicht, ein göttlich Wesen.

Und wenn mein Blick, magnetisch hingelenkt
Zu jener Katze, die beherrscht mein Sinnen,
Sich wieder wendet, fügsam, ohn Entrinnen
Und still in ihren Anblick sich versenkt,

Dann seh' ich staunend und im Tiefsten schauernd,
Dass ihre Augensterne feurig fahl,

Leuchtfeuern gleich und lebendem Opal,
Mich unverwandt betrachten, still und lauernd.

Das schöne Schiff

Ich will dir schildern, du mein hold Entzücken,
Die Reize all, die deine Jugend schmücken,
Will malen deiner Schönheit Art,
Darin sich Kindlichkeit mit stolzer Reife paart.

Wenn leis im Wind die weiten Röcke wehen
Glaub ich, ein Schiff in hoher Fahrt zu sehen,
Das segelschwer die Flut durchfliegt,
In sanftem Takt sich träg und weich und lässig wiegt.

Auf deinem runden Hals, den stolze Schultern tragen,
Seh ich dein schönes Haupt in fremder Anmut ragen;
Voll Sanftmut und doch stolzgesinnt
Gehst deines Weges du, ein majestätisch Kind.

Ich will dir schildern, du mein hold Entzücken,
Die Reize all, die deine Jugend schmücken,
Will malen deiner Schönheit Art,
Darin sich Kindlichkeit mit stolzer Reife paart.

Dein Busen, der sich dehnt, die Seide strafft, die feine,
Gleicht einem köstlichen und schöngeformten Schreine,
Auf dessen Wölbung klar und licht
Wie auf metallnem Schild der Sonne Glanz sich bricht.

Verlockend Schilderpaar, bewehrt mit rosigen Spitzen!
Schrein, der voll Heimlichkeit viel Holdes muss beschützen,
Duft, Spezerei und dunklen Wein,
Draus süsser Taumel strömt in Herz und Hirn hinein!

Wenn leis im Wind die weiten Röcke weiten,
Glaub ich, ein Schiff in hoher Fahrt zu sehen,
Das segelschwer die Flut durchfliegt,
In sanftem Takt sich träg und weich und lässig wiegt.

Die edlen Beine, die des Kleides Falten jagen,
Erwecken dumpfe Lust und dumpfer Wünsche Plagen,
Zwei Zauberschwestern sind es traun,
Die schwarzen Liebestrank in tiefer Schale braun.

Die Arme könnten leicht mit jungen Riesen ringen,
Schimmernden Schlangen gleich, die stark und weich umschlingen,
Gemacht, den Liebsten wie mit Erz
Zu schmieden an die Brust, zu pressen in das Herz.

Auf deinem runden Hals, den stolze Schultern tragen,
Seh ich dein schönes Haupt in fremder Anmut ragen,
voll Sanftmut und doch stolzgesinnt
Gehst deines Weges du, ein majestätisch Kind.

Aufforderung zur Reise

Kind, Schwester, hold ist's zu träumen,
Wir zögen zu zwein ohne Säumen
Nach jenem herrlichen Land.
In Lieb uns verstehend,
In Liebe vergehend,
Dort wo die Welt dir verwandt.
Wo die feuchten Sonnen,
Von Schleiern umsponnen,
Erwecken so seltsame Glut,
So rätselhaft Sehnen
Wie dein Auge voll Tränen,

Drin verräterisch Leuchten ruht.
        Dort, wo Frieden, Lust und Prangen,
        Glanz und Wollust uns umfangen.
        Viel blankes Gerät
        Im Saale steht,
Die Jahre gaben ihm Schimmer.
        Fremder Blumen Duft,
        Weiche Ambraluft
Durchwehen wie Träume das Zimmer.
        Die Wände so weich,
        Die Spiegel so reich,
Des Orients leuchtend Gepränge
        Fast scheint es dir,
        Als vernähmest du hier
Der Seele Heimatklänge.
        Dort wo Frieden, Lust und Prangen,
        Glanz und Wollust uns umfangen.
        Sieh auf dem Kanal
        Im sonnigen Strahl
Die träumenden Schiffe gleiten.
        Dein kleinstes Begehr,
        Sie bringen es her
Von der Erde entlegensten Weiten.
        Den Fluss und das Land
        Umschlingt wie ein Band
Der Schimmer der sinkenden Sonne,
        In goldlila Glut
        Die Erde ruht,
Hinsterbend in glühender Wonne.
        Dort wo Frieden, Lust und Prangen,
        Glanz und Wollust uns umfangen.

Das Unsühnbare

I

Kann ich der alten Reue je entweichen,
Die stets geschäftig, klammernd mich umschlingt,
Sich von mir nährt, so wie der Wurm von Leichen,
Wie eine Raupe, die den Eichbaum zwingt?
Kann ich der alten Reue je entweichen?

Wo ist der Saft, der Wein, der Leidbeschwörer,
Drin wir ertränken unsren alten Feind,
Der dirnengleich gefrässiger Zerstörer,
Ameisengleich geduldiger Nager scheint?
Wo ist der Saft, der Wein, der Leidbeschwörer?

Sag's, Zauberin, wenn du den Trost gefunden,
O sag's der Seele, angst- und qualbeschwert,
Dem Sterbenden, erdrückt von Todeswunden,
Auf den der Pferde Huf hernieder fährt,
Sags, schöne Zaubrin, wenn du Trost gefunden;

Sag's dem Gefallnen, den der Wolf schon wittert,
Um den die wilden Raben krächzend schrein,
Dem Krieger, der in letzten Qualen zittert
Um einen Sarg und einen Leichenstein;
Sag's dem Gefallnen, den der Wolf schon wittert!

Der Himmel, schwarz wie Pech, erhellt sich nimmer,
Und nie zerreisst das Dunkel schwer und fahl,
Das ohne Morgen, ohne Abendschimmer
Und ohne Stern und finstern Wetterstrahl,
Der Himmel, schwarz wie Pech, erhellt sich nimmer.

Einst strahlte Hoffnung von der Gasthausschwelle,
Sie ist verlöscht, – in tiefer Finsternis

Blind tastend suchen wir des Obdachs Stelle
Auf wilder Wege Qual und Bitternis.
Der Böse hat verlöscht die Gasthausschwelle.

Geliebte Zaubrin, liebst du die Verfluchten,
Kennst du der unsühnbaren Dinge Spiel,
Der Reue Pfeil, den giftigen, verruchten,
Dem unser Herz als Scheibe dient und. Ziel?
Geliebte Zaubrin, liebst du die Verfluchten?

Das Unsühnbare nagt mit blindem Wüten
An unsrer Seele schwachem Monument
Und unterwühlt den Grund, wie die Termiten
Zerstören der Gebäude Fundament.
Das Unsühnbare nagt mit blindem Wüten.

II

Auf einer Bühne hab ich einst gesehen
Die Fee, umwogt von dunkler Töne Flut,
Durch einen gottverlassnen Himmel gehen,
Und Morgen flammte auf in roter Glut.
Auf einer Bühne hab ich einst gesehen

Das Wesen, das aus Licht und Gold gewebt,
Und sah vor ihr des Satans Kunst verwehen.
Doch dies, mein Herz, drin nie Verzückung bebt,
Die Bühne ist's, wo wir umsonst erflehen,
Immer umsonst die Fee, die leuchtend schwebt.

Plauderei

Du bist der Schein rotgoldnen Herbsteslichts,
Allein in mir schwillt wie ein Meer das Leid

Und lässt, rückflutend, müder Lippe nichts,
Als Nachgeschmack von Schlamm und Bitterkeit.

Du streifst die Brust mir. – Ach, ein holder Wahn!
Verwüstet liegt, was deine Hand erheischt,
Zerrissen durch der Weiber wilden Zahn;
Du suchst mein Herz, – die Bestie hat's zerfleischt.

Ein Tempel bin ich, den das Volk geschändet,
Verzweiflung, Tod und Taumel herrscht darin –
Welch warmen Duft dein nackter Busen spendet!

Du willst es, Schönheit, Seelenquälerin!
Mit deinem Blick, dem strahlend sieggewohnten,
Verbrenn die Fetzen, die die Bestien schonten!

Herbstgesang

I

Bald wird man uns ins kalte Dunkel drängen;
Fahr wohl du Licht, du flüchtige Sommerwelt!
Schon hör' ich, wie im Hof mit dumpfen Klängen
Das Holz erdröhnend auf das Pflaster fällt.

Nun dringt der Winter ein. Und kein Erretten!
Zorn, Schauder, Hass, erzwungner Arbeit Pein;
Der Sonne gleich in des Polarlands Ketten
Wird bald mein Herz ein eisiger Klumpen sein.

Der Scheite Fallen lässt mich fröstelnd schauern;
Kein Mordgerüst, das dumpfer widerhallt.
Mein Geist bebt wie ein Turm, an dessen Mauern
Der Stoss des Widders unermüdlich prallt.

Mir scheint, von diesem hohlen Lärm benommen,
Als ob in Hast, – für wen? – den Sarg man baut,
Sommer war gestern, Herbst ist heut gekommen,
Und Abschied heisst der rätselhafte Laut.

II

Wohl lieb' ich deiner Augen grünen Schimmer,
Du Süsse, aber heut wird alles schwer,
Nicht deine Liebe, nicht Kamin und Zimmer
Ersetzt mir heut das sonnbestrahlte Meer.

Und doch lass mir dein zartes Herz erblühen,
Sei Mutter du dem Frevler irr und krank;
Geliebte! Schwester! Sei das sanfte Glühen
Des flüchtigen Herbst's, der Sonne, die versank.

Nur kurze Müh! – Hörst du mein Grab bereiten?
Die heisse Stirne ruht auf deinen Knien.
Des fahlen Sommers Glut fühl' ich entgleiten,
Sanft goldnen Herbst durch meine Seele ziehn.

Einer Madonna

Ex-Voto in spanischem Geschmack

Aus meinem tiefen Leid will den Altar ich bauen,
Verborgenen Altar, dir höchste aller Frauen,
In einer Nische tief im Herzensgrund versteckt,
Wo ihn kein eitler Wunsch, kein Spott der Welt entdeckt.
Die Wölbung sei von Gold und von Azur bespannen.
Dort ragt dein Bildnis hoch, ernststaunend und versonnen.
Der Ferse Gitterwerk aus edelstem Metall
Mit Reimen übersät, hellfunkelnd wie Kristall,

Flecht' ich zum Diadem, das leuchtet wie die Sonne.
Aus meiner Eifersucht, o sterbliche Madonne,
Wird eines schweren, starren Mantels Pracht,
Barbarisch ausgeschmückt, gefüttert mit Verdacht,
Der einem Panzer gleich umschliesst des Leibes Blühen,
Drauf keine Perlen, doch all meine Tränen glühen.
Mein Sehnen ist das Kleid, das zitternd dich umfängt,
Das wellengleich sich hebt und wellengleich sich senkt,
Sich wiegend auf den Höhn, im Tale Ruh geniessend,
Den weiss und rosigen Leib in sanftem Kuss umschliessend.
Die Ehrfurcht ist der Stoff des schweren Seidenschuhs,
Der demutvoll sich schmiegt um deinen Götterfuss,
Ihn sanft und weich umfängt in zärtlichem Gebaren,
Den treuen Abdruck mir des Fusses zu bewahren.
Wenn ich trotz aller Kunst und List, die ich ersann,
Dir nicht den Silbermond als Schemel geben kann,
Leg ich die Schlange, die mein Innerstes zerrissen
Zu Füssen dir, dass du mit deinem sieggewissen
Und königlichen Stolz das Ungetüm zertrittst,
Das ganz von Hass geschwellt, den giftigen Geifer spritzt. –
Um dich, o Königin, stehn glühend meine Schmerzen,
Wie auf dem Hochaltar die schlanken Weihekerzen,
Ihr Widerschein besternt der blauen Wölbung Wand,
Zu dir ist immerdar ihr strahlend Aug' gewandt.
Und wie die Wünsche dich umschmeicheln und umschwirren,
Wird alles Weihrauchduft und Benzoe und Myrrhen,
In heiligen Dämpfen hebt mein stürmisch dunkler Geist
Zu deinem Gipfel sich, den ewiger Schnee umgleisst.

Dass ganz Mariens Bild du mögest gleich erscheinen,
Muss ich die Grausamkeit der heissen Liebe einen.
Komm, schwarze Wollust, wähl' Todsünden sieben aus!
Ich, feiger Henkersknecht, schmied' sieben Schwerter draus,
Geschliffen blank und scharf; und wie im Gaukelspiele

Wähl' ich dein Lieben mir, dein tiefstes Ich zum Ziele,
Und stosse fühllos zu, – wild zuckst du auf im Schmerz –
Ich traf dein schluchzendes, dein blutend Menschenherz.

Lied am Nachmittag

Deiner Brauen finstrer Strich
Lässt dich seltsam fremd erscheinen.
Gleichst den Engeln nicht, den reinen,
Hexe, dennoch lockst du 'mich.

Dennoch lieb' ich dich, du Wilde,
Meine sündige Leidenschaft!
Weih dir gleicher Gluten Kraft,
Wie der Mönch dem Heiligenbilde.

Durch dein Haar weht voll und weich
Wilder Duft von fernen Bäumen,
Deine Stirne steht in Träumen
Stolz und fremd und rätselreich.

Um den Leib, der hold und blühend,
Beben Weihrauchdüfte sacht;
Zaubrisch bist du wie die Nacht,
Nymphe stolz und düster glühend.

Ach, es wirkt kein Liebessaft
Wie dein lässig müdes Gleiten,
Und aus deinen Zärtlichkeiten
Steigt für Tote Lebenskraft.

Deiner Hüften sanftes Biegen
Scheint verliebt in deine Brust,
Du erfüllst den Pfühl voll Lust
Durch dein schmachtendes Dich schmiegen.

Manchmal, die geheime Glut
Deiner Raserei zu stillen,
Häufst du ohne Sinn und Willen
Kuss und Biss voll Liebeswut

Und zerreisst zu andern Malen
Mir die Brust mit Spott und Scherz,
Senkst dann lächelnd in mein Herz
Blicke sanft wie Mondesstrahlen.

Unter deinen Atlasschuh,
Unter deinen Fuss aus Seiden
Werf ich mich, mein Gluck, mein Leiden
Alles, was ich bin und tu.

Auch dies Herz, das einst geblutet,
Bis dein Leuchten Heil gesandt,
Bis du mein sibirisch Land
Wie ein Feuerstrom durchglutet!

Sisina

Denk' dir Diana stolz im Jagdschmuck prunken,
Wie eilend sie durch Wald und Dickicht dringt,
Im Winde Brust und Haar, vom Lärme trunken,
Dem besten Reiter stolz den Preis entringt.

Sahst du Theroigne in Greu'l und Blut versunken,
Wie sie ein barfuss Volk zum Sturme zwingt,
Wie sie, die Hand am Schwert, ganz Glut und Funken,
Die königlichen Stufen aufwärts springt?

So ist Sisina. Doch der Krieg'rin Trieben
Paart sich bei ihr ein mitleidvolles Lieben;
Ihr Geist, gehetzt von Lärm und Kriegeswut,

Senkt still die Waffen vor dem Leid der Armen,
Und in dem glutverzehrten Herzen ruht
Für die, die dessen wert, ein tief Erbarmen.

Verse zum Portrait von Honoré Daumier

Der, dessen Bild wir heut dir zeigen,
Und dessen Kunst von höchstem Wert
Uns lachen über uns gelehrt,
Ein Weiser ist's, dem wir uns neigen.

Ein Spötter auch, der lächelnd schafft,
Doch wie des Lasters Bild er meisselt,
Wie er des Bösen Sippschaft geisselt,
Das zeigt uns seines Herzens Kraft.

Sein Lachen ist nicht das des Narren,
Ist des Mephisto Fratze nicht,
Die in Alektos Fackellicht
Sich selbst verbrennt, uns lässt erstarren.

Dies Lachen ist nicht Heiterkeit,
Ist nichts als schmerzensvolle Bürde;
Das seine, strahlend, frei, voll Würde
Bild seiner edlen Wesenheit.

Franciscae meae laudes

Novis te cantabo chordis,
O novelletum quod ludis
In solitudine cordis.

Esto sertis implicata,
O foemina delicata
Per quam solvuntur peccata

Sicut beneftcum Lethc,
Hauriam oscula de te,
Quae imbuta es magnete.

Quum vitiorum tempestas
Turbabat omnes semitas,
Apparuisti, Deitas,

Velut stella salutaris
In naufragiis amaris ...
Suspendam cor tuis aris!

Piscina plena, virtutis,
Fons aeternae juventutis,
Labis vocem redde mutis!

Quod erat spurcum, cremasti;
Quod rudius, exaequasti;
Quod debile, confirmasti!

In fame mea taberna,
In nocte mea lucerna,
Recte me semper guberna.

Adde nunc vires viribus,
Dulce balneum suavibus
Unguentalum odoribus!

Meos circa lumbos mica,
O castitatis lorica,
Aqua tincta seraphica:

Patera gemmis corusca,
Panis salsus, mollis esca,
Divinum vinum, Francisco!

Einer kreolischen Dame

Im Land der Düfte, sonnenüberglutet,
Seh ich in purpurroter Gärten Nacht,
Wo holde Trägheit von den Palmen flutet,
Ein fremdes Weib voll seltsam fremder Pracht.

Das Antlitz bleich, doch klar und warmdurchblutet,
Die schlanke Zauberin, bewusst der Macht,
Geht wie Diana stolz und hochgemutet,
Im sichern Blick ein stilles Lächeln wacht.

Kommst schöne Frau du einst zum Ruhmeslande,
Zur Seine, zu der grünen Loire Strande,
Dann wirst du alter Schlösser schönste Zier.

In schattigen Lauben weckst du, gleich Gebeten,
Die Lieder auf im Herzen der Poeten,
Die unterwürfiger als Sklaven dir.

Moesta et errabunda

Sag' mir, flüchtet dein Herz sich manchmal, Agathe
Aus der unreinen Städte schwarzem Ozean weit
Zu einem anderen Meer, dessen leuchtend Gestade
Blau und klar und tief, wie die Jungfräulichkeit?
Sag' mir, flüchtet dein Herz sich manchmal, Agathe?

Das Meer, das weite, unendliche spendet uns Trost!
Welcher Dämon gab seinem tönenden Sinken und Steigen,
Das brausend des Sturmwinds Riesenorgel umtost,
Gab ihm der Wiege heilige Kräfte zu eigen?
Das Meer, das weite, unendliche spendet uns Trost!

Entführe mich, Wagen! Segel, trag mich von hinnen!
Schlamm ward aus Tränen und Staub. Entführe mich weit
Fühl' ich Agathens traurige Seele nicht sinnen
Und rufen: „Ferne von Sünden und Reue und Streit
Entführe mich, Wagen! Segel, trag mich von hinnen!“

Wie fern bist du, Garten, von himmlischen Düften getränkt,
Wo unter leuchtendem Blau nur Freuden uns winken,
Wo uns die Liebe nimmer enttäuscht und gekränkt,
Und in reinen Wonnen die schuldlosen Seelen versinken !
Wie fern bist du, Garten, von himmlischen Düften getränkt.

Doch unsrer kindlichen Liebe blühendes Eden,
Lieder und Küsse und Blumen und Spiele im Hain,
Und fern von den Hügeln des Geigentons zitternde Fäden
Und abends der fröhliche Sang und die Krüge voll Wein,
Doch unsrer kindlichen Liebe blühendes Eden,

Himmelsgarten voll heimlichem, schuldlosem Glück,
Seh ich dich fern wie Indiens Gestade entschweben?
Zwingen dich, tiefe, schmerzvolle Seufzer zurück,
Ruft eine silberne Stimme dich wieder ins Leben,
Himmelsgarten voll heimlichem, schuldlosem Glück?

Das Gespenst

Bösen Engeln will ich gleichen,
Fahlen Blicks mich zu dir schleichen,
Gleiten an dein Lager sacht,
Wie ein Schattenspuk der Nacht.

Schenken dir zu tausend Malen
Küsse kalt wie Mondesstrahlen,
Wie die Schlange schlüpfrig feucht,
Die um Gruft und Steine kreucht.

Kommt der bleiche Tag daher,
Ist die Stelle kalt und leer
Bis die Abendnebel brauen. –

Wenn es Andrer Kunst gelingt,
Dass dich Zärtlichkeit bezwingt,
Will ich Herr sein durch das Grauen.

Herbst-Sonett

„Du wunderlicher Freund, was bin ich dir?“ –
Dein Blick, kristallklar, fragt's zu allen Stunden.
Sei hold und schweig! – Die Seele voller Wunden
Erträgt nur noch des Tieres dumpfe Gier.

Drum lass das höllische Geheimnis ihr,
Du, die mich lässt in langem Schlaf gesunden,
Rühr' nicht an Flammenworte, die bekunden,
Dass Geist und Leidenschaft nur Plage mir.

Liebe mich sanft! – Aus tückischem Revier
Hat düstern Amors Pfeil uns bald gefunden.
Sein Werkzeug, Wahn und Schmach, hab ich empfunden.

O bleiche Blume Marguerite, wir,
Wir beide sind nur Glanz aus Herbstesstunden,
O meine weisse, kühle Marguerite!

Lunas Traurigkeit

Heut nacht liegt Luna träg und traumgebannt,
Wie eine schöne Frau, vom Pfühl umschmeichelt,
Die sich, vom Schlummer fast schon übermannt,
Noch sanft und träumerisch den Busen streichelt.

Auf der Lawine Kissen seidenglatt
Hat sie sich langer Ohnmacht hingegeben
Und hebt den Blick zum Himmel sterbensmatt,
Wo Traumgesichte, weiss wie Blüten, schweben.

Wenn heimlich dann in ihrem müssigen Sehnen
Sie eine erdwärts rinnen lässt der Tränen,
Dann nimmt ein Dichter, der dem Schlaf entronnen,

In hohle Hand die Zähre bleich und fahl
Und birgt ihr Leuchten, flimmernd wie Opal,
An seinem Herzen vor dem Blick der Sonnen.

Die Katzen

Die toll Verliebten und die strengen Weisen
Verehren, wenn die Kraft und Jugend schmolz,
Die Katzen sanft und stark, des Hauses Stolz,
Die fröstelnd, so wie sie, den Herd umkreisen.

Die, so wie sie, Weisheit und Sinnenglut
Und Dunkel lieben, Nacht von Grau'n durchflossen,
Die sich der Orkus hätt' erwählt zu Rossen,
Stünd' seinem Dienst zu Kauf ihr stolzes Blut.

Sie gleichen Statuen, wenn sie sinnend kauern,
Den grossen Sphinxen in der Wüste Schauern,
Die ewig dämmern an des Traumes Rand.

Aus ihren Lenden magische Funken sprühen,
Und wie besternt von feinem goldnen Sand
Scheint ihres rätselvollen Auges Glühen.

Die Eulen

Im Schutz, von schwarzen Eibenbäumen
In Reihen sitzt der Eulen Schar,
Wie Götter fremd und sonderbar,
Ihr rotes Auge glüht. Sie träumen.

Sie sitzen starr und ohne Laut,
Bis zu den schwermutvollen Stunden,
Da schräg der letzte Strahl entschwunden,
Und Finsternis ihr Reich sich baut.

Den Weisen lehrt ihr still Gebaren,
Wie er sich hüte vor Gefahren,
Die Hast und Lärmen bringt zu Tag.

Dem Menschen, toll von Schein und Schimmer,
Ward es zum Fluche, dass er nimmer
An einem Platze rasten mag.

Die Pfeife

Ich bin des Dichters Pfeife, und genau
Siehst du an mir, die stammt aus fremden Fluren,
Von meines Herren Leidenschaft die Spuren:
Dass er ein Raucher ist, trag' ich zur Schau.

Wenn Leid und Sorge sich um ihn verdichtet,
Dann dampf" ich wie ein grosser Küchenherd,
Darauf dem Arbeitsmann, der heimwärts kehrt,
Die brave Köchin treu das Essen richtet.

Ich wiege seine Seele und umschlinge
Sie mit dem Netz, das meinem Mund entsteigt,
In leichtem Blau sich um ihn hebt und neigt,

Und trage einen Traum auf luftiger Schwinge,
Der machtvoll ihn bezaubernd trägt empor,
Wenn sich in Müdigkeit sein Geist verlor.

Musik

Oft trägt mich die Musik, dem Meere gleich.
Zu meinem bleichen Stern,
Durch Nebelrauch, durch Lüfte klar und weich
Ich segle fern.
Das Antlitz aufwärts und die Brust voran,
Die Lunge kraftgefüllt,
So stürm' ich kühn den Wogenberg hinan,
Den mir die Nacht verhüllt.
Und fühle alle Leiden mich erbittern,
Die je ein Schiff erlitt,
Den leisen Wind, den Sturm, sein krampfhaft Zittern.
Den Abgrund fühl' ich mit.
Doch manchmal ist der Spiegel flach und weit,
Der Spiegel meiner Hoffnungslosigkeit.

Begräbnis eines verfemten Dichters

Wenn sich dumpf der Abend senkt
Wird den Dichterleib, den starren,
Einst ein Mann, der christlich denkt,
Hinter altem Schutt verscharren.

Keusche Sterne schliessen sacht
Ihre Augen schlafbezwungen,
Spinne dort ihr Netzlein macht,
Und die Viper ihre Jungen.

Nächtlich hörst zum Zeitvertreibe
Über dem verfemten Leibe
Du der wilden Wölfe Schrei'n

Und der Hexen tolle Weisen,
Schlüpfrig Scherzen mit den Greisen,
Schwarzer Schelme Gaunerein.

Ein phantastischer Kupfer

Dies seltsame Gespenst, das nackten Leibes reitet,
Hat sich als einzigen Schmuck ums Knochenhaupt gebreitet
Ein Faschingsdiadem grausig und lachhaft fast;
Es treibt und hetzt sein Pferd in atemloser Hast,
Ein Pferd gespensterhaft, apokalyptisch düster,
Dem wie den Kranken rinnt der Schaum aus Mund und Nüster.
So sprengen sie dahin durch unbegrenzte Weiten,
Der wilde Huf zertritt Weltall und Ewigkeiten.
Der Reiter schwingt ein Schwert, das hell wie Flammen schimmert,
Hoch über allem Volk, das unterm Huf tritt wimmert,
Durcheilt, ein stolzer Fürst, sein weit Gebiet und schaut
Grabfelder eisigkalt, von Ewigkeit umgraut.
Da liegen hingestreckt im weisslichfahlen Lichte
Die Völker aller Zeit und jeglicher Geschichte.

Der fröhliche Tote

Der Grund soll fett und reich an Schnecken sein,
Wo ich mir selbst das tiefe Loch will graben
Und strecken will mein alt und müd Gebein
Und wie der Hai im Meer mich im Vergessen laben.

Ich hasse Testament und Leichenstein,
Will von der Welt nicht eine Träne haben,

Nein, lieber lad' ich mir als Gäste ein
Zu meinem letzten Fleisch und Bein die Raben.

O Würmer, Freunde ohne Aug' und Ohren,
Ein Toter kommt, der froh den Tod erkoren;
Weise Geniesser ihr, der Fäulnis Brut,

Bohrt euch durch meine Reste ohne Sorgen
Und sagt mir, blieb noch eine Qual verborgen
Dem alten Leib, der tot bei Toten ruht?

Das Fass des Hasses

Der Hass ist bleicher Danaiden Fass;
Umsonst mag Rache mit den rauhen Händen
Ins weite Dunkel ohne Unterlass
Aus grossen Eimern Blut und Tränen senden,

Geheim durchbohrt ein Dämon das Gelass,
Und Schweiss und Blut von tausend Jahren schwänden,
Selbst wenn die Opfer, neubelebt vom Hass,
Aufs neue bluten müssten und verenden.

Dem Trinker gleicht der Hass, dem in Spelunken
Mit jedem Schluck der wildre Durst erwacht
Und sich der Hydra gleich verhundertfacht.

Doch weiss der Trinker, wenn er hingesunken,
Wer ihn besiegt; des Hasses Straf und Bann,
Dass er nicht unterm Tische schlafen kann.

Die zersprungene Glocke

Wie bittersüss ist mitternächtiges Lauschen
Im Winter, nah der Glut, die steigt und sinkt,

Wenn ferne Zeiten leise Reden tauschen,
Und Glockenläuten durch den Nebel dringt.

Beglückt die Glocke, die mit starker Kehle
Durch viele Jahre freudig und mit Macht
Gebete singt, so wie aus frommer Seele
Ein tapfrer Krieger, der das Zelt bewacht.

Ach, meine Seele sprang, – und will ich singen,
In kalter Nacht die Einsamkeit zu zwingen,
Dann hör ich meine eigne Stimme tönen

Wie eines wunden Kriegers dumpfes Stöhnen,
Den man vergass in seiner letzten Not,
Der zwischen Leichen stirbt den bittren Tod.

Schwermut

Dem Regenmonat ist die Welt zuwider,
Aus seinem kalten Fass in Strömen rinnt
Das Grauen auf den nahen Kirchhof nieder,
Und Sterben auf der Vorstadt Labyrinth.

Die Katze reckt die kranken, magren Glieder
Und sucht ein warmes Plätzchen. Es beginnt
Gespenstisch Stöhnen in der Traufe wieder,
Des toten Dichters Geist, der scheu entrinnt.

Der Brummbass klagt, und halbverkohlte Reiser
Knistern im Fistelton, die Uhr tickt heiser,
Indes im Spiel, von schmutzigen Düften voll,

Der eklen Erbschaft einer Krankenstube,
Herzdame und der schöne Karobube
Von einer Liebe flüstern, die verscholl.

Trübsinn

Mir ist, als lebte ich schon über tausend Jahr
Nie barg ein alter Schrein, so überfüllt er war
Mit Rechnungen und Akten, Versen, Briefen,
Mit Locken, die verwahrt in Scheinen schliefen,
So viel geheimes Leid wie längst mein Hirn es barg.
Das ist ein Riesenbau, ein ungeheurer Sarg,
Ist eine Gruft, die zu viel Tote fasst.

Ich bin ein Kirchhof, den das scheue Mondlicht hasst,
Durch den die Würmer ziehn, Reu und Gewissensqual,
Zernagend meiner liebsten Toten Mal.
Ich bin ein alt Gemach, wo welke Rosen schauern,
Und wie ein fahl Gewirr verblichne Trachten trauern.
Wo nur ein matt Pastell, ein blasser Stich geniesst
Den süsslich schalen Duft, der dem Flakon entfliesst.

Nichts gleicht an Langsamkeit der lahmen Tage Stocken,
Wenn unter schwerer Zeit eisgrauen kalten Flocken
Der Überdruss, der dumpf aus müder Unlust steigt.
Anschwellend dir das Mass der Ewigkeiten zeigt.

Hinfort, beseelter Staub, wirst du nichts andrem gleichen
Als dem granitnen Stein, den Schrecknisse umschleichen,
Der in dem Nebeldunst der stummen Wüste träumt!
Der Sphinx, die man vergass, vor der kein Fuss mehr säumt,
Die niemand kennt, und die in wilder Laune Qualen
Ihr einsam Lied nur singt den roten Abendstrahlen.

Schwermut

Ich bin ein Fürst in Landen dumpf und kalt,
Bin reich und machtlos, jung und dennoch alt.
Ein Fürst, der seine Höflingsschar verachtet,

Die Tiere selbst voll Überdruss betrachtet,
Der taub für jeder Freude Lockruf scheint,
Taub für sein Volk, das vor dem Schlosse weint.
Des Narren Lied voll toller Spukgedanken
Erheitert nicht den grausam kalten Kranken,
Zum Sarg wird ihm sein goldnes Ruhebett.
Die Damenschar umschmeichelt das Skelett,
Weil es ein Fürst, mit schamloser Gebärde,
Und jede hofft, dass ihr ein Lächeln werde.
Der Weise selbst, der Gold im Blei erkannt,
Hat die verderbten Säfte nicht gebannt.
Kein Bad in Blut, wie es die Römer boten
Den altersschwachen, zitternden Despoten,
Erneute Kraft in diesen Leichnam giesst,
Drin statt des Blutes grüne Lethe fliesst.

Schwermut

Der Himmel, schwer wie eines Deckels Last,
Sinkt auf die Seele voll verhaltenem Weinen,
Bleiern und dumpf hält er das All umfasst,
Trüber als Nacht will uns der Tag erscheinen.

Es wandelt sich die Welt zum finstern Haus,
Zum feuchten Kerker voller Angst und Schauer,
Und flatternd, scheu wie eine Fledermaus
Rennt Hoffnung sinnlos gegen Wand und Mauer.

Der müde Regen, der die Welt umfängt,
Spannt um das Haus die engen Gitterstäbe,
Verwünschtes Ungeziefer kommt und hängt
In unser Hirn die grauen Spinngewebe.

Und plötzlich heulen Glocken dumpf empor,
Zum Himmel heben sie ihr furchtbar Tönen,
Wie irrer, heimatloser Geister Chor,
Ein eigensinnig, unaufhörlich Stöhnen.

Und lautlos zieht ein langer Leichenzug
Durch meine Seele seine schwarzen Bahnen,
Die Hoffnung weint. Das Grauen, das sie schlug,
Das Grauen pflanzt in meinem Hirn die Fahnen.

Wahnsinn

Ihr Wälder ängstigt mich wie Kathedralen,
Ihr seid durchheult von wildem Orgelklang,
Und des Verdammten Herz in ewigen Qualen
Stöhnt Echo eurem De-profundis-Sang.

Dich hass ich, Ozean! Dein sinnlos Tosen
Find' ich in mir. Wut und Verzweiflungswahn,
Schluchzendes Lachen eines Hoffnungslosen
Tönt mir aus deinem Lachen, Ozean!

Dich liebt ich, Nacht, liess nicht der Sterne Strahl
Vertraute Sprache zu mir niedergleiten,
Ich suche tote, schwarze Einsamkeiten,

Doch Finsternis ist nur ein schwarzer Schal,
Tausend Gesichter schau'n aus seinen Falten
Verwandten Blicks, verlorene Gestalten.

Liebe zum Nichts

Du trüber Geist, einst voller Kampfverlangen,
Die Hoffnung spornt nicht mehr den trägen Mut,

Streck' dich nun hin, verbirg die Schamesglut,
Ross, dessen Hufe vor dem Sprunge bangen.

Schweig, Herz, gib dich in dumpfem Schlaf gefangen!

Geschlagner Geist, besiegter Tunichtgut,
Die Lust an Streit und Liebe ist vergangen,
Lebt, Flöten, wohl, und Saiten, die verklangen!
Versuch nicht, Lust, dies trotzig trübe Blut!

Für mich verlor der Frühling Glanz und Glut!

Wie Eis und Schnee den Leib, den sie umschlangen,
Verzehrt die Zeit mich mit der zähen Flut;
Stumm nun der Erdball mir zu Fassen ruht,
Ich trag nach Schutz und Hütte nicht Verlangen!

Lawine komm, im Sturz mich zu umfangen!

Alchimie des Schmerzes

Der Eine füllt die Welt mit Glühn,
Dem Andern ist sie Schmerz und Grauen,
Er kann nur die Verwesung schauen,
Wo Jener Leben sieht und Blühn.

Du unbekannter Gott voll Listen,
Der meine Kräfte hemmt und spannt,
Du machst dem Midas mich verwandt,
Dem traurigsten der Alchimisten.

Du wandelst mir das Gold in Blei,
Das Paradies in Wüstenei;
Du lässt in lichten Wolkendecken

Geliebte Leichen mich entdecken
Und auf den himmlisch heitren Auen
Prunkvolle Sarkophage bauen.

Anziehender Schauder

Schau dieses Himmels fahle Seltsamkeiten,
Wie dein Geschick zerrissen, wunderlich,
Was mag durch deine leere Seele gleiten,
Was fühlst du bei dem Anblick? Wüstling, sprich.

Ich fühle Gier nach wirren Dunkelheiten,
Nach Qual und Ungewissheit lechze ich,
Doch nicht voll Jammer starr ich in die Weiten,
Wie einst Ovid, da Rom für ihn erblich.

Ihr wild zerrissnen, grauen Himmelsräume,
Ihr seid, wie ich, von Trotz und Stolz erfüllt!
Und eure Wolken trauerflorumhüllt,

Es sind die Leichenwagen meiner Träume,
Von eurem Schein geht fremdes Leuchten ans,
Ein Glanz der Hölle, wo mein Herz zu Haus.

Die Friedenspfeife

Nach Longfellow

Als Gitche Manito, Herr aller Kreaturen,
Der Mächtige, durchschritt die weiten, grünen Fluren,
Das ungeheure Feld, von Bergesluft umweht,
Da hielt er seinen Schritt am Roten Steinbruch droben.
Beherrschend jeden Raum, von Licht und Glanz umwoben
Stand Gitche Manito, gross und voll Majestät.

Dorthin berief er sie, die Völker aller Lande,
An Zahl den Körnern gleich, den Gräsern und dem Sande.
Mit seiner Schreckenshand brach er ein Felsstück los,
Um eine Pfeife sich gar prächtig herzurichten,
Griff nach dem Bachrand dann, wählt' aus dem Schilf, dem dichtet
Für seine Pfeife sich ein Rohr, das breit und. gross.

Um es zu stopfen, nahm er Bast der Weidenschäfte,
Der Übermächtige, der Schöpfer aller Kräfte,
Hochstehend zündet' dann ein göttlich Feuer er,
Der Friedenspfeife Licht. Und überm Steinbruch droben
Stand er nun rauchend da, von Licht und Glanz umwoben:
Für alle Völker war's ein Zeichen hoch und hehr.

Und langsam, stieg der Rauch, die sanfte Luft durchdringend,
Die süss vom Morgen war, von weichen Düften schwingend.
Erst war's ein leichter Streif, ein zart gewelltes Band
Und dann ein blauer Dampf, der immer dichter quellend
Bald zu verblassen schien, doch steigend, endlos schwellend
Dort oben erst zerbrach am hellen Himmelsrand.

Vom fernsten Gipfel her der wilden Felsenhallen,
Von Nordlands stürmschen Seen, die laut und lärmend schallen,
von Tuscaloosa's Wald, darin die Düfte sprühn,
Bis Tawasenthas Tal, das lieblich ohnegleichen,
Allüberall sah man das ungeheure Zeichen
Friedlich und still hinauf zum roten Morgen glühn.

Und der Propheten Spruch: „Seht ihr den dunstigen Streifen
Wie eine Herrscherhand hinauf zum Himmel greifen,
Wie eine Hand, die sich aus Nacht zur Sonne schwingt?
's ist Gitche Manito, Herr aller Kreaturen,

Sein mächtig Wort ertönt weit über alle Fluren:
'Ich rief euch Krieger her, – hört, was mein Wort euch bringt!'„

Auf wildem Wasserweg, auf sandigen Wüstenstrassen,
Von jeder Seite her, wo die vier Winde blasen,
Zog sie heran, die Schar der Krieger ohne Zahl.
Der grossen Wolke Flug, sie hatten ihn verstanden,
Und folgsam sie sich nun zum Roten Steinbruch fanden,
Wo Gitche Manito, der Herr, sie hinbefahl.

Dort standen sie, wo weit die grünen Flächen schienen,
Gerüstet wie zum Kampf mit krieggewohnten Mienen,
Buntscheckig wie das Laub, drauf Herbstesleuchten ruht.
Und jener Hass, der sie in hundert Schlachten sandte,
Der Hass, der schon im Aug' uralter Ahnen brannte,
Entflammte ihren Blick auch jetzt in böser Glut.

Stumm lag ererbter Hass in Blick und in Gebärde,
Und Gitche Manito, ihr Herr und Herr der Erde,
Sah alle an, sein Blick voll tiefen Mitleids war.
So blickt ein Vater mild in trauervoller Liebe
Auf seiner Kinder streit- und mordbegierige Triebe,
Wie Gitche Manito auf seiner Völker Schar.

Weit streckt' er über sie die ungeheure Rechte,
Zu bändigen ihr Herz und alles Enge, Schlechte,
Zu kühlen ihre Glut im Schatten seiner Hand.
Und seine Stimme klang, ein majestätisch Brausen,
Stürzendem Strome gleich, in dessen mächtigem Sausen
Ein urgewaltiger Klang, ein dunkler Ton gebannt:

„O meine Kinder ihr, Mitleid lässt mich erbeben,
Hört göttliche Vernunft, lenkt euren Sinn hierher!
Ich, Gitche Manito, Herr über Tod und Leben,

Ich bin's, der zu euch spricht, ich, der dem Land gegeben
Renntier und Biber und den Büffel, Fuchs und Bär.

Ich macht' euch leicht die Jagd, Fischfang in Fluss und Seen,
Warum muss denn, o sprecht, der Jäger Mörder sein?
Geflügelt Wild liess ich in Sumpf und Moor erstehen,
Was, Undankbare, fehlt euch noch zum Wohlergehen ?
Was dringt ihr stets mit Hass auf euren Nächsten ein?

Wahrlich, ich hab' sie satt, die wilden Kriegeswerke.
Gebete, Schwüre selbst von euch sind Missetat!
Gefahr umlauert euch, darum ein jeder merke:
Nur in der Einigkeit liegt eure Wucht und Stärke.
Als Brüder lebt hinfort und pflanzt des Friedens Saat!

Aus meinen Händen sei euch ein Prophet beschieden,
Der mit euch leben wird und eure Leiden trägt,
Glück strömt aus seinem Wort und Glanz und einiger Frieden
Misstraut ihr ihm jedoch und seinem Werk hienieden,
Die letzte Stunde dann, verworfne Kinder, schlägt!

Verlöscht denn in der Flut die mörderischen Farben,
Ein jeder suche sich die Pfeife, die er braucht;
Schwerfällig ist der Stein und reich des Schilfes Garben;
Kein Kampf und Streiten mehr, nicht Wunden, Blut und
Narben,
Als Brüder lebt hinfort! Die Friedenspfeife raucht!“

Und plötzlich werfen sie die Waffen hin zur Erde
Und spülen schnell im Fluss mit fröhlicher Gebärde
Des Krieges Farben von den Stirnen stolz und kühl.
Die Pfeifen höhlen sie, und jeder pflückt am Strande
Ein langes Schilfrohr sich und schmückt's und schlingt's zum
Bande
Und lächelnd schaut der Geist der armen Kinder Spiel.

Ein jeder kehrt beglückt und ruhig zu seinen Fluren,
Und Gitche Manito, Herr aller Kreaturen,
Steigt auf zur Himmelstür, die weit geöffnet steht.
Durch jener Wolke Dunst, die ihn von dort geschieden,
Steigt er, der Mächtige, mit seinem Werk zufrieden,
Erhaben, riesengross, von Glanz und Duft umweht.

Gebet eines Heiden

Lass nicht die Flammen verschwelen.
Lös' der Erstarrung Weh',
Wollust, Folter der Seelen!
Diva! exaudi me!

Göttin, im All sich verlierend,
Flamme, die ganz uns durchdringt!
Höre dies Herz, das erfrierend
Eherne Sänge dir singt.

Wollust, bleib Herrin mir immer!
In der Verführerin Schimmer,
Der Maske aus Fleisch und aus Samt,

Im Trank, der mich seltsam entflammt
Und Träume schenkt fremd und erlesen,
Wollust, du schmiegsames Wesen !

Der Deckel

Wohin er wandert, ob zu Land, zu Meere,
In Tropenglut, in weisser Wüstenei,
Ob Jesu Knecht er, Höfling auf Cytliere,
Ein finstrer Bettler oder Krösus sei,

Ob fahrender Gesell, ob Bürger, Bauer,
Ob träg und eng sein Hirn, ob weit er denkt,
Stets fühlt der Mensch des tiefen Rätsels Schauer,
Und angstvoll er den Blick zum Himmel lenkt.

Zum Himmel! Wo ihn das Gewölb erdrückt,
Das für ein Possenspiel mit Licht geschmückt,
Drin jeder Spieler blutigen Boden stampft.

Der Himmel! Schreck dem Wüstling, Trost dem Tropfe,
Der schwarze Deckel auf dem grossen Topfe,
Darin die winzige Menschheit kocht und dampft.

Der Unerwartete

Harpagon hielt beim kranken Pater Wache
Und sprach im Angesicht der Todesqual:
„Ich glaube doch, wir haben unterm Dache
Noch alte Bretter da, genug an Zahl?“

Und Celimene gurrt: „Ein Herz voll Güte
Gab Gott mir, und natürlich Schönheit auch.'„
Ihr Herz! Ein hartes Herz, das nie erblühte
Und das verdorrt wie Fleisch in Glut und Rauch.

Ein grosser Zeitungsschreiber stiess mit Höhnen
Den ärmsten ganz in Finsternis und Nacht:
„Wo siehst du nun den Schöpfer alles Schönen,
Wo ist der Tröster, der dich glücklich macht? „

Besser als alle Welt kenn ich den Einen,
Den Wollüstling, den Narren ohne Kraft,
Der täglich schwört mit Klagen und mit Weinen:
„Ach, morgen werd' ich sicher tugendhaft.“

„Reif ist er!“ spricht die Turmuhr in das Schauern,
„Vergebens wird's dem kranken Fleisch gesagt.
Blind ist der Mensch und taub und morsch wie Mauern,
Wie ein Gebäude, das der Wurm benagt.“

Und jäh steht Er da, den sie stets verneinten,
Voll stolzen Hohns er sich vernehmen lässt:
„Seid ihr es, die sich immer gern vereinten
Bei meiner lustigen schwarzen Messe Fest?

In deren Herzen meine Fackeln brennen,
Die heimlich mir so oft den Schweif geküsst?
Am Siegerlachen lernt jetzt Satan kennen,
Der wie die Welt gross und abscheulich ist!

Entsetzte Heuchler, war es euer Sinnen,
Dass man den Herrn gewinnt und narrt zugleich?
Und glaubtet ihr zwei Preise zu gewinnen,
Irdische Güter und das Himmelreich?

Jedoch das Wild zahlt stets des Jägers Plagen,
Der auf der Lauer lag geraume Zeit.
Ich will euch mit mir durch den Nebel tragen,
Genossen meiner trüben Lustigkeit.

Durch Nebel, Erde, Felsgestein und Grauen,
Wo euer Staub in wirren Haufen liegt,
Dort steht mein Schloss, aus einem Block gehauen,
Gewaltig, nicht aus glattem Stein gefugt.

Erbaut ist's aus der ewigen Ursünde,
Mein Stolz, mein Ruhm, mein Leiden ruht darin! –
Da war's, als ob ein Engel Sieg verkünde,
Posaunen schmettern durch das Weltall hin.

Sie künden Sieg der Seelen, die da sprechen:
„Preis deiner Geissel, Herr, Preis deiner Macht!
Du wirst uns nicht wie schwaches Rohr zerbrechen,
Gross ist die Gnade, Herrlichkeit und Pracht!“

So feierlich und hold die Töne fliessen
Durch dieser Himmelsernte Abendlicht,
Dass sie Verzückung in die Seelen giessen,
Für die der Feierklang herniederbricht.

Mitternächtige Selbstprüfung

Die Uhr verkündet uns die Mitternacht,
Und spöttisch klingt aus ihrem Schlage
An unser Herz die leise Frage,
Wie wir den Tag genutzt, die Zeit verbracht.
Den dreizehnten und Freitag, Tag der Leiden,
Drin Schuld und Qualen festgebannt,
Den Schicksalstag, der uns bekannt,
Verlebten wir wie Ketzer oder Heiden.

Wir haben frech geschmäht und prahlerisch
Christum, den göttlichsten der Götter,
Wie die Schmarotzer und die Spötter
An eines ekelhaften Krösus Tisch.
Wir haben um des Haufens Gunst und Gnaden,
Des Bösen Knechte, voller List
Umschmeichelt, was uns feindlich ist
Und was uns lieb, verleugnet und verraten.

Wir haben, Henkersknechten gleich, verhöhnt
Die Schwachen, frech vom Volk Bedrohten,
Der Dummheit lächelnd Gruss geboten,
Die blöder Tiere Stirnen ehern krönt.

Dem Irdischen unsre Huldigung erwiesen,
Den Staub geküsst, das Nichts verklärt,
Die Stumpfheit andachtsvoll verehrt,
Der Fäulnis Glanz verherrlicht und gepriesen.

Und endlich, wir erstickten die Begier,
Die Tollheit mit des Rausches Schleier,
Wir, Priester unsrer stolzen Leier,
Wir, deren hohes Amt auf Erden hier
Mit Schimmer zu umkleiden Nacht und Schrecken,
Wir labten ohne Hunger uns am Schmaus! –
Rasch, löschen wir die Lampe aus!
Lasst unsre Scham im Dunkel sich verstecken.

Trauriges Madrigal

Ich trag' nach deiner Klugheit nicht Begehren,
Sei schön! sei traurig! – Sieh, der Träne Spur
Wird deiner lichten Züge Reiz vermehren,
Wie Ströme einer Landschaft Bild verklären.
Wie Sturm und Regenflut verjüngt die Flur.

Dann lieb' ich dich, wenn jäh das frohe Strahlen
Auf deiner Stirn erlischt in Traurigkeit,
Wenn stumm dein Herz ertrinkt in seinen Qualen,
Wenn auf der lichten Gegenwart sich malen
Die schwarzen Schatten der Vergangenheit.

Dann lieb' ich dich, wenn sich dem Aug' entringen
Die Tropfen schwer und heiss wie Blut,
Wenn meine Arme schützend dich umschlingen
Und doch die Angst, die wilde, nicht bezwingen,
Die dir wie Todesqual im Herzen ruht. –

Dann atme ich – o göttlich süsse Qualen,
O tiefer, heiliger Gesang! –
Die Seufzer, die aus deiner Brust sich stahlen,
Und seh' dein Herz wie eine Sonne strahlen
Vom Reichtum, der aus deinem Auge drang.

Ich weiss, dass tief noch bis zu dieser Stunde
Vergessne Sünden brennen dir im Blut,
Wie Feuer in der Esse finstrem Schlunde,
Ich weiss, dass tief in deiner Seele Grunde
Etwas vom Hochmut der Verdammten ruht.

Und doch, mein Lieb, wenn nie in wilden Schauern
Sich dir der Hölle Bilder offenbart,
Wenn nie in eines Albdrucks finstern Mauern,
Drin Gift und Mord und alle Schrecken lauern
Und heimlich Ungemach verwünschter Art,

Wenn in des Nachtmahrs eisenschwerer Klammer
Du nie von Grauen warst und Furcht durchwühlt,
Wenn du beim Glockenschlag in deiner Kammer
Des ganzen Lebens unstillbaren Jammer,
Den wilden Abscheu nie gefühlt,

Dann kannst du nie, – die mich nur liebt mit Klagen,
Du meine Sklavin, meine Königin, –
Nie, von dem Schauer schwüler Nacht getragen,
Mit deiner Seele Schrei mir sagen:
„Nimm, König, mich als Deinesgleichen hin!“

Der Mahner

Ein jeder Mensch, der wert ein Mensch zu sein,
Fühlt tief im Herzen eine Schlange wohnen,

Sie lebt und herrscht da wie auf Königsthronen,
Und sagt er: „Ja, ich will!“, so sagt sie: „Nein!“

Senkt er die Blicke voller Glut und Sehnen
Tief in der Nixen Augen, der Sirenen,
So spricht der Natter Zahn: „Gedenk der Pflicht!“

Erzeugt er Kinder oder pflanzt er Bäume,
Schafft er aus Worten oder Marmor Träume,
„Lebst du heut abend noch?“ die Schlange spricht.

Was auch der Mensch erhoffen mag und planen.
Kein Augenblick an ihm vorüberschwingt,
In dem nicht quälend an sein Denken dringt
Der giftigen Schlange unerträglich Mahnen.

An eine Malabaresin

So fein sind Hand und Fuss, so weich der Hüften Biegen,
Europens Schönste müsst' im Wettstreit dir erliegen;
Des Künstlers Blick voll Lust den holden Körper schaut
Und deiner Augen Samt, der schwärzer als die Haut.
Da, wo dein Gott dich schuf in heissen, blauen Gründen,
Ist deine einzige Pflicht, des Herren Pfeife zünden.
Mit Wasser duftend frisch füllst du für ihn den Krug
Und wehrst von seinem Bett der giftigen Mücken Flug.
Und wenn im Morgenwind leis singen die Platanen,
Kaufst du dir Ananas und saftige Bananen.
Auf nacktem Fuss läufst du, wohin dein Herz dich zieht,
Und trällerst vor dich hin ein altes, fremdes Lied.
Und senkt der Abend dann des Scharlachmantels Schatten,
Streckst du die Glieder sanft auf den geflochtenen Matten,
Und Träume flattern auf, den bunten Vögeln gleich,
Beschwingt und zart wie du, wie du an Anmut reich.

Was zieht dich, glücklich Kind, nach unsrem fernen Lande,
Von Menschen übervoll und voll von Leid und Schande,
Dass du dich anvertraust den Schiffern und den Winden
Und heissen Abschied nimmst von deinen Tamarinden?
Du, halbbekleidet nur mit zartem Musselin,
Wenn dich der Hagel trifft, Schneestürme dich umziehn,
Wie wirst du weinen um die Tage, die verrannen,
Wie wird der Schnürleib dir die Hüften roh umspannen!
Und wenn du müde ziehst durch unsren Schlamm und Kot,
Den seltsam fremden Reiz verkaufst ums Abendbrot,
Dann wird dein Auge starr durch trübe Nebel träumen,
Dann siehst du fern und wirr Schatten von Kokosbäumen.

Die Stimme

In einer jener hohen Büchernischen,
Drin düstre Weisheit, leichter Märchentand,
Römischer Moder, griechischer Staub sich mischen,
Stand meine Wiege. – Wie ein Folioband
Nicht höher war ich, als zwei Stimmen klangen.
Die erste sprach: „Süss ist die Welt und dein,
Denn ohne Grenzen mach' ich dein Verlangen,
Und dein Genuss wird ohne Grenzen sein."
„O folge mir!" hört' ich die zweite klingen,
„Zieh durch der Träume, durch der Wunder Land!"
Süss klang der Ton wie leichten Seewinds Singen.
Weiss nicht, woher er kam, wohin er schwand,
Das Ohr umschmeichelnd und den Sinn erschreckend.
„Ja, holde Stimme!" rief ich. – Da begann
Mit jenem Tag, stets neue Qualen weckend,
Mein Leid und meine Not. In nichts zerrann
Der Erde Zier. In schwarzen Abgrunds Wallen
Seh' wunderlicher Welten Schatten ich,
Hellsichtigkeit, als Opfer dir verfallen,

Folgt meinem Fuss der Schlange giftiger Stich.
Und Sehern gleich lieb' ich seit jener Stunde
Die Wüste und des Meers Verlassenheit,
Mich schmerzt das Glück, ich lache jeder Wunde,
Aus herbstem Trank schlürf ich noch Süssigkeit.
Oft scheint mir Wahrheit, was den andern Lüge,
Ich strauchle, denn zum Himmel blick' ich starr,
Da spricht die Stimme: „Wahr des Herzens Flüge,
Viel seliger als der Weise träumt der Narr."

Hymne

Engel voll Schönheit und Süsse,
Der Licht und Klarheit mir leiht,
Unsterbliches Idol, ich grüsse
Dich in Unsterblichkeit!

Du flutest durch mein Leben
Wie salziger Seewind hin,
Ins Herz voll irdischem Streben
Giesst du des Ewigen Sinn.

Kissen voll wohliger Frische,
Das holde Düfte entfacht,
Weihrauch in heimlicher Nische,
Der vergessen glüht in der Nacht,

Wie soll ich s ganz dir entwirren?
Wie mach' ich mein Lieben dir kund?
Es ruht ja wie Ambra und Myrrhen
In der Seele unsterblichem Grund!

Engel voll Huld und voll Süsse,
Der Kraft und Jugend mir leiht,

Unsterbliches Idol, ich grüsse
Dich in Unsterblichkeit!

Der Rebell

Ein Engel stürzt sich wie ein Aar zur Erde
Und rauft des Glaubenslosen Haar voll Grimm:
„Ich will, dass dem Gesetz Gehorsam werde!
Dein guter Engel bin ich, drum vernimm:

Du sollst sie lieben ohne Widerstreiten,
Die arm und schlecht sind, blöd und kranken Bluts,
Damit du vor dem Herrn dereinst kannst breiten
Prunkvoll den Teppich deines Edelmuts.

Denn das ist Liebe! Sorg' eh' sie entschwindet,
Dass stets dein Herz in Gott Verzückung findet,
Das ist der ewigen Wollust Sinn und Sein!"

Der Engel wahrlich züchtigt, den er liebt,
An dem Verdammten seine Faust er übt;
Doch immer sagt der Gottverfluchte: „Nein!"

Berthas Augen

Vor dir verblasst des schönsten Augs Gefunkel,
Du Kinderblick, darin ein Rätsel ruht,
Ein Etwas, wie die Nacht so sanft und gut!
Ihr Augen, hüllt mich ein in euer Dunkel!

Ihr Kinderaugen gleicht dem Zauberschacht,
Zu euren letzten Tiefen dring' ich nimmer,
Dahin, wo seltner Edelsteine Flimmer
von schlafbefangner Schatten Heer bewacht.

Mein Kind hat Augen dunkel, tief und weit,
Wie du unendlich, Nacht, und klar wie du!
In ihrem Glanz wohnt Leidenschaft und Ruh',
Sprüht Lieb' und Treue keusch und lustbereit.

Der Springbrunnen

Dein Aug' ist müd umschattet,
Mein Liebchen, schliess es zu,
Im Arm mir, sanft ermattet,
Die Lust geniesse du.
Lass uns dem Springbrunn lauschen,
Der unaufhörlich singt
Und heut mit sanftem Rauschen
Die Liebesnacht durchdringt.

Der Strahl, der sprühend
Zum Himmel steigt,
Drin Phöbus blühend
Vielfarbig sich zeigt,
In Tränen verglühend
Zur Erde sich neigt.

So deine Seele singend
Sich in Verzückung hebt
Und kühn sich aufwärts schwingend
Zu fernen Himmeln schwebt.
Um dann in müden Wellen,
Hinschmachtend erdenwärts,
In heimlichen Gefallen
Zu strömen in mein Herz.

Der Strahl, der sprühend
Zum Himmel steigt,

Drin Phöbus blühend
Vielfarbig sich zeigt,
In Tränen verglühend
Zur Erde sich neigt.

Du, hold die Nacht durchscheinend.
An deine Brust gelehnt
Lausch' ich dem Lied, das weinend
Aus Brunnentiefen tönt;
Und führ im Blätterschauern,
Im Quell, der raunend schwillt,
Der Mondnacht weiches Trauern,
Der Liebe Spiegelbild.

Der Strahl, der sprühend
Zum Himmel steigt,
Drin Phöbus blühend
Vielfarbig sich zeigt,
In Tränen verglühend
Zur Erde sich neigt.

Das Lösegeld

Der Mensch hat, dass sein Lösegeld er zahl',
Zwei tiefe, reiche Felder Tuffsteinlandes,
Er muss sie mit dem Eisen des Verstandes
Aufwühlen und bebau'n gar viele Mal.

Damit er nur der kleinsten Rose Spriessen,
Nur weniger Halme Blühn und Wachsen schau,
Muss er mit seiner Stirne salzigem Tau,
Muss er mit Schweiss und Tränen sie begiessen.

Ein Feld heisst Liebe, und das andere Kunst.
Und wenn einst, Bösen schreckensvoll und Frommen,

Die Stunde des Gerichts herabgekommen,
Muss er, zu ringen um des Richters Gunst,
Ihm seine erntevollen Scheunen zeigen,
Mit Frucht und Korn und Blumen so gefüllt,
Dass sich, von Duft und Farbenrausch umhüllt,
Die Engel alle huldvoll zu ihm neigen.

Weit von hier

Dies ist die heilige Stätte,
Da ruht auf seidenem Bette
Die Liebliche, Sanfte, Kokette.

Die Hand auf dem Busen liegt,
Der Arm ist ins Kissen geschmiegt,
Und das Schluchzen der Brunnen sie wiegt.

Hier lebt und atmet Dorette.
Fern, fern im Winde fliegt
Der Seufzer endlose Kette,
Umschmeichelnd die schlanke Brünette.

Der Leib, von Salben umschmiegt,
Duftet und glüht um die Wette
Mit Nelke und Violette,
Die erblassen, im Wettstreit besiegt.

Romantischer Sonnenuntergang

Wie schön der jungen Sonne Aufwärtsschweben!
Ihr Morgengruss schiesst Flammen in den Tag.
Beglückt, wer sie in Liebe grüssen mag,
Wenn traumhaft schön sie sich der Nacht ergeben!

Ich weiss ja, ich sah Blumen, Quell und Tal
Erblühn wie kranke Herzen, wo sie funkelt ...
Auf, kommt zum Horizont, bevor es dunkelt,
Noch zu erhaschen einen schrägen Strahl!

Jedoch umsonst, der schöne Gott entgleitet,
Die mächtige Nacht hat schon ihr Reich bereitet.
Das voller Grauen, finster, kalt und feucht.

Ein Moderhauch wallt auf im dunklen Lande.
Indes mein scheuer Fuss am Sumpfesrande
Auf Schnecken tritt, erschreckte Kröten scheucht.

Zu dem „Tasso im Gefängnis“

(Von Eugen Delacroix)

Der Dichter im Kerker, zerrissen und krank,
Ein Schriftstück zertretend in krampfhaftem Drang,
Misst scheu mit dem Blick, drin Schrecken entbrennen,
Die Stufen, die ihn vom Wahnsinn trennen.

Das trunkne Lachen, das ihm entfährt,
Vergebens dem Fremden und Furchtbaren wehrt,
Dem Zweifel, der Angst und den seltsamen Schauern,
Die vielgestalt ihn und scheusslich umlauern.

Der Geist, der in dumpfigen Käfig gesperrt.
Die Schreie und Fratzen, gehetzt und verzerrt,
Der Schwarm von Gespenstern, die toll ihn umstieben,

Dieser Träumer, durch Grauen vom Lager getrieben,
Dein Bild ist's, o Geist, der in Träume verstrickt,
Von der Wirklichkeit Mauern gelähmt und erstickt.

Der Abgrund

Pascal sah, wo er ging, des Abgrunds Spalt.
Abgrund ist alles uns, Tat, Traum, Verlangen;
Wie oft hob sich mein Haar in starrem Bangen,
Durchschauerte mich Grauen eisig kalt!

In Höh'n und Tiefen, wo kein Ton mehr hallt,
In Ländern, furchtbar und doch voller Prangen,
Ist Gottes Hand durch meinen Schlaf gegangen,
Ein Schreckbild malend, grausam, vielgestalt.

Ich fürchte mich vorm Schlaf, dein schwarzen Tor,
Das Unheil birgt, wenn man den Weg verlor:
Die Ewigkeit blickt starr durch alle Scheiben.

Mein Geist, hintaumelnd an des Wahnsinns Sumpf,
Beneidet, was da fühllos, kalt und stumpf.
– Ach, immer bei den Zahlen, Dingen bleiben!

Die Klagen eines Ikarus

Der Bursch, der die Dirne bezwungen,
Ist glücklich, zufrieden und satt,
Mein Arm ist zerbrochen und matt,
Weil er mit Wolken gerungen.

Der Sternwelt, die leuchtend schwebt,
Ein unvergleichlich Entzücken,
Dank' ich's, dass meinen Blicken
Nur Sonnenerinnerung lebt.

Ich hoffte, im Raum zu erkennen
Der Dinge Mitte und Schluss,

Und fühl' nun im Glutenkuss
Meine Flügel zerfallen, verbrennen.

Vernichtet vom Schönheitsdrang
Wird mir kein Nachruhm zu eigen,
Es wird meinen Namen verschweigen
Die Tiefe, die mich verschlang.

Sammlung

Sei still, mein Schmerz, du musst nun leiser klagen,
Den Abend riefst du, sieh, er kam zu dir,
Hat um die Stadt sein weiches Tuch geschlagen
Und brachte Frieden dort und Kummer hier.

Lass nun die Menge sich bei Festgelagen,
Gepeitscht von ihrem Henkersknecht, der Gier,
Den bittren Ekel und die Scham erjagen,
Gib mir die Hand, mein Schmerz, und komm mit mir.

Fern, fern wir zwei. – Siehst du der Jahre Reigen
Sich im verblichnen Kleid vom Himmel neigen,
Die Reu', die lächelnd in der Tiefe wacht?

Die Sonne stirbt dort unterm Brückenbogen,
Und wie ein Bahrtuch kommt's von Ost gezogen,
Horch! Hörst du ihn, mein Schmerz, den Schritt der Nacht?

L' Heautontimoroumenos

Ich treff' ins Herz dich ohne Hassen,
Ein Henker ohne Zorn und Pein,
So schlug einst Moses auf den Stein!
Und Fluten will ich strömen lassen

Aus deinem Aug' , ein Meer von Weh,
Um meine Wüste neu zu tränken,
Und stolz will ich die Wünsche lenken
Auf deiner Tränen salziger See.

Dein liebes Schluchzen und dein Klagen,
Dein wilder, hoffnungsloser Schmerz
Wird mir berauschend an das Herz
Wie Sturm und Trommelwirbel schlagen.

Bin ich der grelle Missklang nicht
In diesem reinen Weltentönen
Dank der Gewalt, die, mich zu höhnen,
Die Seele rüttelt, reizt und sticht?

Denn in mir ist ein Schrei voll Grauen!
Ein Gift in mir, so schwarz und wild!
Ich bin der Spiegel, drin ihr Bild
Die Furien und Megären schauen!

Ich bin die Wange und der Streich,
Ich bin das Messer und die Wunde,
Glieder und Rad zur selben Stunde!
Opfer und Henkersknecht zugleich!

Der Vampir, der sein Blut muss saugen,
Der Einsamkeit verlorener Sohn,
Mein Mund, verdammt zu ewigem Hohn,
Will nimmermehr zum Lächeln taugen!

Das Unlösbare

I

Eine Form, ein Hauch, ein Seelenschwingen
Schied vom Äther, fiel aus lichtem Blau

In des Sumpfes Schlamm und bleiern Grau,
Wo kein Himmelslicht zu ihm kann dringen,

Und ein Engel, töricht und verirrt,
Liess von Liebe sich ins Dunkel locken,
Wilder Albdruck macht das Herz ihm stocken,
Und er wehrt sich angstvoll und verwirrt,

Wie ein Schwimmer in der Nacht, o Grausen!
Gegen eines Wirbelstroms Gewalt,
Dessen Sang wie Sang von Narren schallt,
Der im Kreis sich dreht mit tollem Brausen;

Und ein Mensch, behext von böser Macht,
Will mit nutzlos hastigem Tasten fliehen
Einen Ort, wo Wurm und Schlangen ziehen,
Sucht umsonst die Tür in finstrer Nacht;

Ein Verdammter muss zum Abgrund steigen,
Keine Lampe in der Hand er trägt,
Fauler Dunst ihm feucht entgegenschlägt,
Endlos sich die steilen Treppen neigen,

Scheussliches Getier harrt unten sein,
Dessen wilden Blickes Phosphor funkeln
Macht die schwarze Nacht noch schwärzer dunkeln,
Macht nichts sichtbar als den Blick allein.

Im Polareis liegt ein Schiff gefangen,
Wie in einer Schlinge von Kristall,
Sucht vergebens in dem Riesenwall
Nach dem Spalt, durch den es einst gegangen.

Bilder eines Lebens, welches nie
Aus den Netzen des Geschicks zu lösen,

Bilder, die da zeigen, dass dem Bösen
Alles, was er tat, nach Wunsch gedieh.

II

Zweisamkeit, drin Licht und Dunkel streitet,
Lebt im Herzen, das sein Spiegel ward!
Born der Wahrheit klar und schwarz, drauf zart
Eines Sterns blasszitternd Licht hingleitet.

Doch ein Leuchtturm, höhnend in der Nacht,
Eine Fackel von des Satans Gnaden,
Einziger Trost und Ruhm auf irren Pfaden
Ist das Wissen um des Bösen Macht.

Die Turmuhr

Turmuhr! Finstrer Gott, taub unsrem Flehen,
Stumm dein Finger droht: „Erinnre dich!"
Und das Leid, das einst mein Herz durchschlich,
Fühl' ich zitternd in mir neu erstehen.

Lust, die zarte, wird ins Weite fliehn,
Wie ein Geist zu luftigen Gebäuden;
Jeder Augenblick raubt von den Freuden,
Die das Schicksal unsrem Los verliehn.

Viele hundert Mal durchraunt's die Stunde
Das „Erinnre dich!" – Insektengleich
Schwirrt das Jetzt: „Ich bin das Einst zugleich,
Saug' dein Leben auf mit meinem Munde!"

Und „Remember" klingt's „Esto memor"
(Der metallne Mund kennt alle Klänge)

„Die Minuten sind wie Felsengänge,
Und aus jeder schlage Gold, o Tor!“

Spielern gleicht die Zeit, die immer wieder
Spiel auf Spiel gewinnen, Schlag auf Schlag!
Länger wird die Nacht und kurz dein Tag,
Durstig ist die Schlucht, der Sand rinnt nieder.

Bald wird Zufall, göttlich blind und stumm,
Wird die Tugend, die jungfräulich-scheue,
Wird, o letztes Obdach, selbst die Reue
Zu dir sprechen: „Stirb, die Zeit ist um!“

Landschaft

Ich will, um mein Lied zu dichten fromm und verschwiegen,
Nahe beim Himmel wie ein Sterngucker liegen,
Will lauschen der Glocken Feiergesang,
Den der Wind mir vom Kirchturm herüberschwang;
In den Händen das Kinn, von der Kammer hoch oben
Belausch' ich der Werkstatt Treiben und Toben,
Schau auf Giebel und Türme und Wolken so weit
Und träume den Traum von der Ewigkeit.

Wie lieblich, wenn durch Nebel flimmernd bricht
Da Sternenglanz, am Fenster dort ein Licht,
Bleiche Dünste durch den Abend rinnen,
Und vom Mond sich Zauberfäden spinnen.
So lass' ich den Frühling, den Sommer, den Herbst mir
vergehn,
Und kommt dann der Winter mit eisigem Wehn,
Dann schliesse ich Türen und Läden voll Hast
Und bau mir im Dunkel den Feenpalast.
Und träume von bläulich durchfluteten Hainen,

Vom schluchzenden Strahl zwischen schimmernden Steinen,
Von Küssen und Blumen, fremdländischer Pracht,
Von allem, was der Kindheit Träume macht.

Vergebens reisst der Sturm an meinen Scheiben,
Auf dem Arm die Stirn, so will ich bleiben,
Sinken in die warmen Strahlen tief
Goldnen Frühlings, den mein Wille rief.
In der Brust der eignen Sonne Glühn,
Das heisse Herz schafft Leben, Duft und Blühn.

Die Sonne

Durch der alten Vorstadt verfallene Gassen und Ecken,
Wo verblichene Gardinen das heimliche Laster verstecken,
Wenn die Sonne grausam glühende Pfeile gesandt
Auf das Korn und die Dächer, die wimmelnde Stadt und das
Land,
Schreit ich, phantastische Fechterkünste verführend,
In allen Winkeln die Reime witternd und spürend,
Über Worte strauchelnd und Steine, wie Trunkne es tun,
Und Verse stammelnd, die träumend schon lang in mir ruhn.

O Sonne, Ernährer, du Feind kranker Säfte und Keime,
Du lässt wie Rosen erblühen die Lieder und Reime,
Du lässt die Sorgen verdunsten in leuchtender Luft,
Wie den Bienenkorb füllst du das Hirn uns mit Süsse und Duft;
Dem Mann an der Krücke selbst leihst du Begeistrung und
Schwung
Und machst wie ein Mädchen ihn, fröhlich und lachend und
jung,
Befiehlst auch der Ernte, dass sie wächst und gedeiht
Im unsterblichen Herzen, das ewig zu blühen bereit!
Wenn leuchtend und golden hinab zu den Städten du gleitest,

Wie ein Dichter den Glanz um Schmutz und um Hässlichkeit breitest,
Dann trittst du, ein König, ohne Lärmen und Hast
Und ohne Dienerschar in Hütte und Palast.

Lola de Valence

Aufschrift zu dem Gemälde von Eduard Manet

Bei aller Schönheit, die auf Erden uns umblüht,
Versteh' ich, dass der Wunsch bald da, bald dorthin flutet;
Doch Lola de Valence, von fremdem Reiz durchglutet,
Strahlt sieghaft, ein Juwel, das schwarz und rosig glüht.

Die beleidigte Luna

Der unsre Väter fromm ergeben waren,
Luna, die hoch im Strahlenschlosse lebt,
Von der geschmückten Sternenschar umschwebt,
Du alte Cynthia, Lampe in Gefahren,

Siehst du die Liebenden auf harten Bahren?
Den frischen Hauch, der sie im Schlaf umwebt?
Den Dichter, der vom Werk den Blick nicht hebt?
Die Vipern, die im trocknen Gras sich paaren?

Schleichst du im gelben Domino verstohlen
Noch jede Nacht dahin auf scheuen Sohlen,
Wo der verblühte Reiz Endymions winkt?

– „Ich sehe deine Mutter, Kind der Erde,
Wie sie, gebeugt von Alter und Beschwerde,
Die Brust, die dich gesäugt, vorm Spiegel schminkt!“

An eine rothaarige Bettlerin

Bleiche du im roten Haar,
Not und Armut schaut fürwahr
Aus den Löchern deines Kleids
Und viel holder Reiz.

Ja, dein schmächtiger Körper beut,
Sommersprossenüberstreut,
Seine Süssigkeit sogar
Armen Dichtern dar.

Stolz und zierlich gehst du hin,
Keine Märchenkönigin
Trägt so leicht den seidnen Schuh,
Wie den Holzpantoffel du.

Statt der Lumpen sollte dich
Schwer umhüllen, feierlich
Prunkvoll Kleid, das faltig bauscht
Und den Fuss umrauscht.

Statt zerrissner Strümpfe sollt'
An dem Bein ein Dolch von Gold
Lüstlings Blicke auf sich ziehn,
Helle Funken sprühn.

Und das Tuch, das leicht sich löst,
Zeig' dem sünd'gen Blick entblösst
Deiner Brüste strahlend Paar,
Wie zwei Augen klar.

Deine Arme schnell bereit
Sollen lösen Band und Kleid,

Bieten leichten Widerstand
Nur der kecken Hand.

Perlen klar und fehlerlos,
Ein verliebt Sonett Belleaus
Reich' dir der Verehrer Schar
Täglich kniend dar.

Manch ein kühner Reimeschmied
Weihe dir sein erstes Lied,
Und bewundre, wie dein Schritt
Leicht die Stufen tritt.

Es umspäh' in deinem Bann
Kühner Knab' und Edelmann,
Seufzend mancher rauhe Held,
Nachts dein lauschig Zelt.

Auf dem Lager sollen glühn
Küsse mehr als Lilien blühn,
Und ein Valois knie hier
Als ein Knecht vor dir!

Bettelnd ziehst du Kind der Not.
Hin durch Strassenschmutz und Kot,
Sammelst aus dem Abfallhauf
Dir die Lumpen auf.

Gierig streift den Schmuck dein Blick,
Neunundzwanzig Sous das Stück,
Das ich, rechne mir's nicht an.
Dir nicht schenken kann.

Geh denn hin ganz ohne Zier,
Ohne Perlen und Saphir,

Schlank und nackt und voller Ruh,
Meine Schönheit du.

Der Schwan

I

Zu dir, Andromache, eilt fetzt mein Sinn beflügelt.
Der grauarmselige Fluss, drin einst sich hoheitsvoll
Dein ungeheurer Schmerz, dein Witwenleid gespiegelt,
Der trügerische Fluss, der durch dein Weinen schwoll,

Hat plötzlich aufgeweckt, befruchtet mein Gedächtnis.
In Sinnen schreit' ich durch das neue Karussell.
Vom einstigen Paris nur noch ein karg Vermächtnis.
Wie schnell stirbt eine Stadt! Kaum Liebe stirbt so schnell.

Nur noch im Geist seh' ich dies Feld von Hütten wimmeln,
Halbfertige Säulen da, dort Blöcke grau berusst,
Geröll und Stein seh' ich in grünen Pfützen schimmeln,
Am Boden Trödelkram, ein glänzend wirrer Wust.

Tierbuden standen dort. Und einst zu jener Stunde,
Da von der Lagerstatt der Tag sich fröstelnd hebt,
Arbeit und Qual erwacht, und in die stille Runde
Von dem Schindanger her ein dumpfes Heulen schwebt,

Da sah ich einen Schwan, der seiner Haft entwichen;
Mit seinem Flossenfuss reibt er den trocknen Sand,
Sein weisser Flügel schleift am Weg, dem kümmerlichen,
Er bleibt am Bache stehn, daraus das Wasser schwand.

Und zitternd badet er im Staub sein zart Gefieder
Und ruft, das Herz erfüllt vom blauen Heimatteich:
„Wolke, wann regnest du? Wann fährst du Blitz hernieder?“
Ich sah dies fremde Bild, uralten Mythen gleich.

Wie es Ovid erzählt, reckt er zum Himmel droben,
Der blau herniederlacht in grausam herbem Spott,
Reckt er auf schwankem Hals sein durstig Haupt nach oben,
Als schleudr' er seinen Zorn und seine Qual zu Gott.

II

Paris verändert sich. In mir will sich nichts ändern,
Der Trübsinn nagt an mir. Gerüst, Geröll, Palast,
Rings alles scheint verhüllt mit seltsamen Gewändern,
Und lieb Erinnern drückt mich schwer wie Bergeslast

Vorm Louvre stand ein Bild plötzlich vor meinen Sinnen;
Ich sah den grossen Schwan, der scheu vorüber schlich,
Wie der Verbannte, der verhöhnt und stolz tief innen
Der Sehnsucht Wunde birgt. – Da dachte ich an dich,

Andromache, der jäh den Gatten man entrissen,
Die in des Pyrrhus Hand als Beute fallen muss,
Die auf ein leeres Grab sich krümmt, von Qual zerrissen.
Des Hektars Witwe, ach, und Weib des Hellenus.

Der Negerin dachte ich, der magren, kranken, müden.
Die, watend tief im Schlamm, verstörten Blickes späht
Nach ihrem Kokoswald, der fern im lichten Süden,
Jenseits der Nebelwand, der ungeheuren, steht.

An jeden, der verlor, was nie ihm wiederkehrte,
Nie, niemals wiederkehrt, der seine Tränen trank
Und an dem Schmerz wie an der Wölfin Brust sich nährte,
Der Waisen dachte ich, gleich Blumen welk und krank. –

Den Wald, den sich mein Geist als Zuflucht auserkoren.
Durchzieht wie Hörnerklang alter Erinnrung Hauch.

Ich denk' der Schiffer, die auf fernem Riff verloren.
Besiegter, Fallender; und all der andern auch.

Die sieben Greise

An Victor Hugo

Wimmelnde Stadt, du Stadt so voll von Träumen,
Dass Geisterspuk uns lichten Tags umkrallt!
In deinem Leib wie Säfte kreisend schäumen
Geheimnisse durch jeden trüben Spalt.

Am Morgen war's, als in den öden Gassen
Im Dunst die Häuser wuchsen himmelwärts,
Wie Dämme, die den mächt'gen Fluss umfassen,
Trüb die Kulisse, wie des Spielers Herz.

Den schmutziggelben Nebeldunst durchschreitend
Strafft' ich die matten Nerven wie ein Held
Und kam, mit meiner müden Seele streitend,
Zur Vorstadt, die vom Lärm der Karren gellt.

Da taucht ein Greis auf, den nur Lumpen decken,
An Farben fast dem Regenhimmel gleich ;
Sein Anblick müsste das Erbarmen wecken,
Blitzt' aus dem Blick nicht Bosheit wild und bleich.

Aus Galle schien sein Aug' und auf den Wegen
Ward Schlamm und Reif vor seinen Blicken hart,
Sein langer Bart, straf wie ein spitzer Degen,
Stand starr nach vorn, ein wilder Judasbart.

Gebeugt nicht, nein gebrochen war sein Rücken
Rechtwinklig zu dem Bein, dass Gang und Stab

Dem scheusslichen Gebild voll Hass und Tücken
Das Aussehn eines lahmen Tieres gab.

Dem Juden auf drei Füssen mocht' er gleichen,
Er schwankt dahin durch Schnee und kotigen Brei,
Als trät' er ewig mit den Schuhen auf Leichen,
Feindselig, hasserfüllt und stumpf dabei.

Und hinter ihm ein Gleicher, – Bart, Blick, Rücken,
Lumpen und Stab vom gleichen Pfuhl entsandt!
Das greise Zwillingspaar auf seinen Krücken
Ging gleichen Schritts zu nie geschautem Land.

Doch jetzt, – welch böser Geist schwang seine Knute?
Welch Schrecknis wollt' in seinen Kreis mich ziehn?
Ich zählte siebenmal, Minute auf Minute,
Den finstern Greis, der siebenmal erschien!

Wer meines Grauens lacht und von Gewalten
Verwandten Schauders nie geschüttelt ward,
Bedenk', im Blick der grauenvollen Alten
Hat siebenmal die Ewigkeit gestarrt!

Konnt' lebend ich auch noch den Achten schauen
Voll unerbittlich schicksalsschwerem Hohn,
Sich Sohn und Vater selbst? – O widerwärtig Grauen!
Ich wandte mich und war dem Spuk entflohn.

Dem Säufer gleich, der doppelt sieht, geschüttelt
Schwankt ich nach Haus, verschloss die Tür. Und krank,
Fiebernd, von Frost erstarrt, von Graun gerüttelt
Ich in des Rätsels Widersinn versank.

Umsonst rang die Vernunft, dem Sturm zu wehren,
Im Spiel entriss er ihr des Steuers Griff;

Auf uferlosen, grauenvollen Meeren
Tanzt meiner Seele steuerloses Schiff.

Die kleinen Alten

I

In der alten Städte winklig engen Gassen,
Wo alles, der Schauder sogar, in Entzücken sich kehrt,
Streif ich umher und späh', schlimmer Laun' überlassen,
Nach seltsamen Wesen, verwittert und reizvoll verklärt.

Einst waren sie Frauen, die greulichen Spukgestalten,
Epona, Lais, verschrumpft nun, krank und verwirrt,
Doch Seelen noch immer! O liebt sie, die ärmlichen Alten!
Im dünnen Tuch und zerrissenen Rocke irrt

Ihr gebückter Leib, den die grausamen Winde schlagen,
Der zitternd beim Rollen und Lärmen der Wagen erschrickt.
An ihrem Arm wie heilige Reste sie tragen
Den kleinen Beutel mit Blumen und Bildern bestickt.

Sie trippeln wie Puppen ängstlich und scheu ihre Pfade,
Sie schleppen sich fort wie Tiere, wund und verwaist,
Sie müssen tanzen ohne Erretten und Gnade,
Wie Glocken, daran ein Dämon zerret und reisst.

Zerschlagen ihr Leib, doch die bohrenden Blicke saugen
Sich fest und leuchten wie tiefe Brunnen bei Nacht,
Es sind ja des kleinen Mädchens göttliche Augen,
Das über alles, was glänzt, voll Verwunderung lacht.

Und oft sind nicht grösser die Särge der Alten
Als eines Kindes Bahre. – Merkt ihr es wohl?
Der weise Tod will seltsame Laune entfalten
Und legt in die Gleichheit der Särge ein rührend Symbol.

Und wenn meine Füsse die wimmelnden Strassen durchschreiten,
Die gespenstischen Schatten mir lautlos vorüberziehn,
Dann sehe ich die zerbrechlichen Wesen gleiten
Ganz leis und sacht zur neuen Wiege hin.

Und ich denke beim Anblick dieser verschrobenen Glieder
An des Handwerkers Rechenkunst, Mühe und Last,
Der die Formen ändern muss wieder und wieder,
Bis die ärmliche Kiste zu jedem der Körper passt.

Und ihre Augen sind Brunnen aus Millionen von Tränen,
Sind Tiegel, in denen das leuchtende Gold schon erstarrt,
Voll unbezwinglichem Zauber fesseln sie jenen,
Den der harte Kummer gesäugt, den das Leben genarrt.

II

Des allen Frascati zärtliche Priesterinnen,
Sorglose Kinder Thaliens! – Die Toten nur
Flüstern noch eure Namen, ihr Sünderinnen,
Leuchtende Blumen einst auf des Tivoli lachender Flur!

Ihr alle berauscht mich! – Doch zwischen euch sehe ich ziehen
Die Zartesten, denen der Schmerz erst das Leben erschloss,
Die sprachen zum Opfermut, der ihnen Schwingen geliehen:
„Trag uns zum Himmel, du mächtiges Flügelross!“

Die eine litt um die Heimat Kummer und Schmerzen,
Die andre um des Gatten Hass und Betrug,
Und um ihr Kind trug die das Schwert im Herzen, –
Und alle hätten zu Strömen der Tränen genug.

III

Ach, den kleinen Alten folgt' ich zu mancherlei Stunden!
Und eine fand ich zur Zeit, da die Sonne versank
Und der Himmel erglühte in blutigen Rissen und Wunden,
Still und gedankenvoll auf einer einsamen Bank.

Sie lauschte dem schmetternden Klang der Soldatenkapelle,
Deren Blechmusik oft durch die zitternden Gärten schrillt,
Bei deren Ton in des Abends belebender Welle
Des Bürgers friedliches Herz von Tatendurst schwillt.

Da sah ich die Alte stolz und aufrecht sitzen,
Die feurigen Klänge schlürfend mit Ohr und mit Hirn;
Und ich sah ihre Augen wie die des Adlers blitzen,
Für den Lorbeer geschaffen erschien mir die marmorne Stirn.

IV

So zieht ihr dahin, klaglos mit verschlossenem Munde,
Durch das Chaos der wimmelnden Stadt euren einsamen Gang,
Ihr Dirnen, ihr Heiligen, Mütter mit blutender Wunde,
Deren Name dereinst von aller Lippen erklang!

Euch, die man die Schönheit genannt, den Ruhm, das
Verderben,
Euch kennt nun keiner, – Betrunkne mit taumelndem Schritt
Nahn sich euch frech mit höhnischem Liebeswerben,
Und boshafter Kinder Spott verfolgt euren Tritt.

Ich sehe die schmachvolle Angst in den Blicken euch lauern,
Niemand begrüsst euch! Gebückt und zerbrochen und steif,
Seltsames Schicksal, schleicht ihr entlang an den Mauern,
Scherben der Menschheit, die für die Ewigkeit reif!

Doch ich, der von ferne bewacht euer schwankendes Schreiten,
Der voll Angst, wie ein Vater, euch folgt mildem zärtlichen
Blick,
Ich fühle – o Wunder! – verbotene Seligkeiten,
Ich ahne, euch unbewusst, all eure Qual, euer Glück.

Ich seh' eurer Leidenschaft erste Glut sich entzünden,
Ich sehe verlorene Tage, Jubel und Schmerz,
Mein Geist, vervielfacht, schwelgt in all euren Sünden,
In all euren Tugenden leuchtet und funkelt mein Herz.

Ich sag' euch Lebwohl, im goldenen Abendschimmer,
Uralte Even, Seelen, die mir verwandt!
Wo seid ihr morgen, Zerschlagene! Menschheitstrümmer!
Auf denen lastet Gottes entsetzliche Hand?

Die Blinden

Betrachte sie, mein Herz; furchtbar zu sehn.
Wenn sie, fast lächerlich, wie Puppen schreiten
Und gleich Nachtwandlern seltsam vorwärts gleiten,
Lichtlose Kugeln, ach wonach nur? drehn.

Die Äugen, drin erlosch der Götterfunken,
Sind starr zum fernen Himmel hingelenkt,
Nie siehst du erdwärts ihren Blick gesenkt,
Nie auf die Brust ihr träumend Haupt gesunken.

So ziehn sie durch ein weites, schwarzes Land,
Das ewigem Schweigen brüderlich verwandt.
O Stadt, indes du unter Lachen, Toben

Voll Gier nach Lust und Taumel bist entbrannt,
Schleich ich wie jene, ärmer an Verstand,
Und frag': Was suchen sie am Himmel droben?

Ein Vorübergehender

Die Strasse heult und rasselt fieberhaft.
Da schreitet zwischen Lärm und Gassenhauer
Ein schlankes Weib in majestätischer Trauer,
Mit stolzer Hand des Kleides Saum gerafft;

Geschmeidig, zart, das Bein schlank wie gemeisselt.
Aus ihrem Blick, drin Himmel fahl und starr
Und Stürme ruhn, saug' ich, ein kranker Narr,
Leid, das berauscht, Lust, die zu Tode geisselt.

Ein Blitz ... dann Nacht! – O schöne, flüchtige Frau,
Aus deinem Blick strömt Kraft und Leben nieder.
Ob ich dich erst dort drüben wiederschau?

Verändert, fern! zu spät! ach niemals wieder!
Fremd mir dein Pfad, mein Weg dir unbekannt, –
Dich hätte ich geliebt, dich, die's erkannt!

Das Skelett als Arbeitsmann

I

In jenen anatomischen Räumen
Am Kai, wo in der Bretter Haft
Manch altes Buch liegt, leichenhaft
Und mumiengleich in tiefen Träumen,

Und Bilder, deren schwerer Sinn
Und eines alten Meisters Können,
Trotz ihres ernsten Stoffs uns gönnen,
Der Schönheit Anblick und Gewinn,

Dort sieht man – und das tiefe Grauen
Vor unsren letzten Rätseln schwillt –

Skelette sieht man, furchtbar Bild,
Arbeitern gleich das Feld bebauen.

II

Aus diesem Boden, drin ihr grabt,
Gesellen finster und ergeben,
Mit aller Kraft, die euch gegeben,
Mit allen Muskeln, die ihr habt,

Sagt, welche Ernte wird nun euer,
Ihr Sklaven, dem Verliess entflohn?
Sagt, welcher Pächter zahlt euch Lohn?
Und wem füllt ihr das Haus, die Scheuer ?

Zeigt ihr (ein Sinnbild unerhört
Für des zu rohen Schicksals Strenge)
Dass man selbst in des Grabes Enge
Uns den versprochnen Schlummer stört;

Dass uns das Nichts wird zum Verräter,
Dass alles, selbst der Tod, uns lügt,
Dass über uns vielleicht verfügt,
Im unbekannten Lande später

Nach einem unbekannten Pakt
Rastlos im störrischen Grund zu graben,
Den Spaten unterm Fuss zu haben,
Dem Fuss, der blutig, wund und nackt?

Abenddämmerung

Sieh, des Verbrechers Freund, der holde Abend, naht
Mit leisem Raubtierschritt, der Helfer bei der Tat;

Der Himmel schliesst nun sacht des schweren Vorhangs Falten,
Zu Tieren wandeln sich die menschlichen Gestalten.

O Abend lieb und hold, wie heiss wirst du ersehnt
Von einem, der mit Lust die müden Arme dehnt
Und ohne Lügen spricht: Der Tag war voller Lasten! –
Du bist's, der Schmerzen stillt und Ruhe gibt und Rasten
Dem Denker, der voll Trotz die müde Stirne hält
Dem Arbeitsmann, der dumpf hin auf sein Lager fällt.

Indes erhebt sich schwer der bösen Geister Meute,
Sie flattern durch die Luft wie vielgeschäftige Leute,
Sie poltern an die Tür, sie stossen an das Dach.
Und wo ein Lichtschein wird im Windstoss flackernd wach,
Da lebt die Unzucht auf in dumpfer Gassen Enge;
Gleich dem Ameisenhauf öffnet sie Gäng' um Gänge;
Sie bahnt geheimen Weg allüberall und gleicht
Dem Feind im Hinterhalt, der tückisch uns umschleicht;

Im Schoss der Stadt rührt sie den Unrat, der sie mehrt,
Ein Wurm, der von der Kraft des Menschen lebt und zehrt.
Jetzt hört man's da und dort in Küchen leise zischen,
Theater kreischen auf, Orchester brummt dazwischen;
Die Säle, drin das Spiel Rausch gibt den schlaffen Hirnen,
Sie füllen sich nun rasch mit Gaunern und mit Dirnen;
Die Diebe, denen nie das Handwerk Ruhe lässt,
Beginnen ihr Geschäft, bezwingen sanft und fest
Die Türen und den Schrein um ein paar Tage Leben
Und, um der Freundin Gold und seidnen Tand zu geben.

Jetzt sammle dich, mein Sinn, und richte dich empor,
In diesem Augenblick verschliess dem Lärm dein Ohr.
Die Stunde ist's, da Gram und Schmerzen sich verschlimmern,
Da uns die finstre Nacht die Kehle würgt, und Wimmern

Die Hospitale füllt, da still der Kranken Heer
Zum grossen Abgrund wallt. – Ja, mancher kommt nie mehr
Und isst die Suppe still und träumt und blickt ins Feuer
Ganz nah beim Herd und nah der Seele, die ihm teuer.

Und viele kannten nie die Süssigkeit, die schwebt
Um einen Platz am Herd, und haben nie gelebt!

Das Spiel

In schäbigen Sesseln frechgeschminkte Weiber,
In deren Blick ein süsslich Lächeln girrt,
Geziert bewegen sie die magren Leiber,
Juwel und Gold an ihren Ohren klirrt.

Am Spieltisch rings Gesichter fahl, verbissen.
Zahnlose Kiefer, leichenblass der Mund,
Zitternde Finger, hin und her gerissen,
Fiebrisch durchwühlend leerer Taschen Grund.

Am schmutzigen Plafond die bleichen Lichter
Erhellen nur mit einer trüben Glut
Die finstren Stirnen der berühmten Dichter,
Die hier vergeuden ihren Schweiss, ihr Blut.

Dies ist das schwarze Bild, das oft in Träumen
Vor meinem klaren Blick mich selbst enthüllt,
Ich seh' mich stumm und kalt in schmutzigen Räumen
Die Arme aufgestützt, von Neid erfüllt.

Voll Neid auf dieser Männer zähe Triebe,
Auf dieser Weiber finstre Lustigkeit,
Die schamlos hier verkaufen ihre Liebe
Und eines alten Ruhms Unsterblichkeit.

Wirr schreck' ich auf. – Wie könnt' ich sie beneiden,
Die 's in den Abgrund reisst mit blinder Wut,
Die lieber Qualen als den Tod erleiden
Und lieber als das Nichts der Hölle Glut.

Totentanz

An Ernest Christophe

Stolz wie die Lebenden auf ihre edle Haltung,
Bewegt sie lässig sich mit Handschuh und Bukett
Und zeigt die Sicherheit graziöser Unterhaltung,
Die magren Schönen liegt, extravagant, kokett.

Sah je auf einem Ball man schlankere Gestalten?
Das überreiche Kleid, von grellem Prunk erdrückt,
Fällt auf den Knochenfuss in königlichen Falten,
Den zierlich, blumengleich das Flitterschuhwerk schmückt.

Und wie ein üppiger Bach sich reibt an Felsenhängen,
So rieseln Spitzen keck aufs magre Schlüsselbein
Und schliessen züchtig vor dem losen Spott der Mengen
Die tief verborgnen, dunklen Reize ein.

Die Augenhöhlen sind voll Finsternis und Leere,
Der Schädel, grauenvoll mit Blumen aufgestutzt,
Schwankt auf dem Wirbelbein in kraftlos matter Schwere.
– O Zauber eines Nichts, voll Wahnsinn aufgeputzt!

Gar manche werden dich ein tolles Zerrbild nennen,
Die nur vom Fleisch berauscht, der Schönheit nicht bewusst
Des menschlichen Gebeins, und seinen Reiz nicht kennen.
Mir, herrliches Skelett, gibst du die höchste Lust.

Flohst, fratzenhaft Gebild, du deine trübe Sippe,
Zu stören unser Fest? Spornt alter Wünsche Gier

Noch immer dich und stösst dein lebendes Gerippe,
Leichtgläubige, zum Rausch des Freudensabbats hier?

Hoffst du beim Geigenklang, beim Flackerlicht der Kerzen
Dem Albdruck zu entfliehn und bittrer Träume Qual?
Hoffst du der Hölle Brand zu kühlen dir im Herzen
Im Wirbelsturm der Lust beim tollen Bacchanal?

O Bronnen unerschöpft des Lasters und des Leides!
Der Narrheit alter Quell, an Reinheit unerreicht!
Noch immer sehe ich durchs Gitterwerk des Kleides
Die alte Schlange, die den Busen dir umschleicht.

Doch fürcht' ich, dass dein Reiz, die Wahrheit zu gestehen,
Den Preis nicht findet, wert so vieler Müh' und List;
Wer von den Sterblichen wird deinen Scherz verstehen?
Des Schauders Rausch liebt nur, wer starken Geistes ist.

Der Abgrund deines Blicks voll fürchterlichem Grauen
Haucht tollen Wahnsinn aus. Und, welchen du gewinnst
Ein jeder Tänzer wird voll wilden Ekels schauen
Das ewige Lächeln, das aus deinen Zahnreihn grinst.

Doch wessen Arm umschlang nicht liebend schon Skelette?
Wer naschte nie am Tod, hat nie im Graun gewühlt?
Was kümmert mich Geruch, was Antlitz und Toilette?
Wer sich geekelt zeigt, zeigt, dass er schön sich fühlt.

Tänzerin nasenlos, du hohle Holde, winke
Der Tänzer Schar heran und sprich, wenn sie sich ziert:
„Ihr stolzen Liebchen, trotz des Puders und der Schminke
Haucht Grabesdunst ihr aus! Skelette parfümiert,

Verwelkte Gecken ihr und greisenhafte Junge,
Du übermalt Gebein, du altersgrauer Fant,

Des Weltalls Totentanz mit ungeheurem Schwunge
Er reisst auch euch hinweg zu Stätten nie gekannt.

Am kalten Seinestrand, an heissen Gangeswellen
Spreizt sich die Menschheit stolz und fühlt und ahnt es nicht.
Dass das Gewölk schon klafft, dass die Posaunen gellen.
Der finstre Engel ruft zum letzten Weltgericht.

Wo deine Sonne scheint, wird dich der Tod umgirren.
Lächerlich Menschenvolk, in deiner Raserei,
Oft salbt er sich wie du den Leib mit duftigen Myrrhen
Und mischt so seinen Hohn noch deinem Wahnsinn bei.“[1]

Liebe zur Lüge

Wenn du vorbeigehst, lässig stolze Schöne,
Umwogt vom Geigenklang, vom lauten Fest,
Die Glieder leise wiegst im Takt der Töne,
Den müden Blick gelangweilt schweifen lässt,

Wenn ich betrachte bei des Gaslichts Strahlen
Die bleiche Stirn von krankem Reiz umblüht,
Auf der die Abendfackeln Frührot malen,
Den Blick, der wie aus alten Bildern glüht,

Dann denk ich: schön ist sie und hochgemutet,
Erinnrung krönt sie wie ein schwerer Reif,
Ihr Herz, das wie ein dunkler Pfirsich blutet,
Ist, wie ihr Leib, wissender Liebe reif.

Bist du die Herbstfrucht voller Saft und Süsse?
Die dunkle Urne, die der Tränen harrt,
Schmeichelndes Lager, Duft vom Paradiese,
Der Korb, dem eine Last von Blumen ward?

Ich weiss, die Augen, die so traurig dunkeln,
Verbergen kein Geheimnis tief und schwer,
Sind Schreine nur, drin nie Juwelen funkeln,
Tief wie der Himmel, wie der Himmel leer.

Jedoch mein Herz, von Wahrheit wundgequälet,
Dem Hülle nur und Schein die Welt versüsst,
Fragt nicht, ob töricht du und unbeseelet,
Die Schönheit bet' ich an! Sei mir gegrüsst!

Nein, ich vergass es nicht

Nein, ich vergass es nicht, nah bei der Stadt gelegen
Das kleine weisse Haus, – Stille auf allen Wegen;
Aus Gips Pomona dort und Venus brav und alt,
Wie bargen sie verschämt im Laubwerk die Gestalt.
Die Abendsonne, die rieselnd in lichter Farbe
An unsrem Fensterglas zerbrach die Feuergarbe,
Schien uns des Himmels Aug' neugierig, gross und klar,
Betrachtend unser Mahl, das lang und schweigsam war.
Von ihrem Leuchten, wie von Kerzenglanz beschienen,
War unser schlichter Tisch, die leichten Sergegardinen.

Lasst uns der treuen Magd

Lasst uns der treuen Magd, dem Herzen voller Güte,
Das nun entschlummert ruht tief unter Gras und Blüte,
Lasst ein paar Blumen uns ihr legen auf den Stein.
Die armen Toten, ach, sie leiden soviel Pein.
Wenn der Oktoberwind die alten Bäume schüttelt,
Traurige Lieder singt und an dem Grabstein rüttelt,
Dann finden sie gewiss, dass wir recht herzlos sind
In unsrem warmen Bett, geschützt vor Frost und Wind.
Indessen sie, verzehrt von dunkler Träume Schaudern,

Ganz ohne Bettgenoss und ohne fröhlich Plaudern
Nichts fühlen, frosterstarrt, benagt vom bösen Wurm,
Als eisiger Tropfen Fall und Schnee und Wintersturm,
Und hundert Jahr vergehn, eh' Freunde und Gevattern
Die Fetzen je erneu'n, die um das Gitter flattern.

Wenn nun im Abendschein, beim Knisterton der Scheite
Plötzlich ganz still sie sitzt am Herd zu meiner Seite,
In blauer Winternacht, die kalt herniederschauert,
In meinem Zimmer stumm in einer Ecke kauert,

Ernsthaft und bleich wie die, die ewige Nacht uns schickt,
Aufs grossgewordne Kind mit Mutteraugen blickt,
Was kann ich dann zu ihr, der frommen Seele, sprechen,
Aus deren hohlem Aug' endlose Tränen brechen?

Nebel und Regen

Herbstende, Winter, Frühlingsschlamm und Regen,
Euch stillen Zeiten schlägt mein Herz entgegen,
Der kalte Dämmer eures Nebelgrau s
Umhüllt wie Bahrtuch mich und Totenhaus.

Wenn eisige Winde durch die Ebnen fegen,
Die Wetterfahnen kreischend sich bewegen,
Dann breitet, wilder als im Lenzgebraus,
Die Seele ihren Rabenfittich aus.

Denn nichts ist süsser für ein Herz voll Trauer,
Auf das der frostige Reif sich niedersenkt,
Ihr bleichen Himmel, unsrem Land geschenkt,

Als eurer ewigen Dämmrung fahler Schauer.
Wenn nicht zu zwein in mondlos stiller Nacht
Wir Brust an Brust den Schmerz zur Ruh gebracht.

Pariser Traum

An Constantin Guys

Von jenem fremden Land, das nimmer
Ein sterblich Auge noch erblickt,
Hat diesen Morgen mich ein Schimmer,
Ein zartes, fernes Bild erquickt.

An Wundern schwer sind unsre Träume!
Durch eine Laune fremd und irr
Bannt' vom Gemälde ich der Bäume
Und Pflanzen regellos Gewirr.

Und, froh im Bild dies zu erreichen,
Genoss mein stolzes Malerherz
Den Rausch des Fahlen, Ewiggleichen,
Das strömt aus Wasser, Stein und Erz.

Babylons Treppen und Arkaden,
Ein Riesenschloss, wo Wunder blühn,
Wo Quellen leuchten, und Kaskaden
In matte, goldne Becken sprühn.

Wo Wasserfälle niederrauschen
Und wie ein Vorhang von Kristall
Sich schimmernd um die Mauern bauschen,
Die glatten Mauern aus Metall.

Nicht Bäume, sondern Kolonnaden
Umgaben ernst den stillen Teich,

Drin sich gigantische Najaden
Spiegelten, schönen Frauen gleich.

Und weite, blaue Wasser zogen
Entlang am rosig grünen Strand,
Umspülend mit den leichten Wogen
Des weiten Weltalls fernstes Land.

Und es gab Steine, deren Flimmer
Ganz unerhört, gab magische Flut,
Gab Eis, in dessen mattem Schimmer
Die ganze Welt gespiegelt ruht.

Und Riesenströme flössen schweigend
Durch dunkles Ätherblau bei Nacht
Und gossen, ihre Urnen neigend,
Strahlen in diamantnen Schacht.

Erbauer dieser Herrlichkeiten,
Liess ich nach meinem Wunsch und Plan
Durch den smaragdnen Tunnel gleiten
Das Weltmeer, das mir Untertan.

Und alles, selbst das Schwarz erglühte
Geschliffen, schillernd, blank wie Stahl,
Und aus den hellen Fluten sprühte
Ein leuchtender kristallner Strahl.

Kein Stern, ringsum, kein Himmelszeichen,
Kein Sonnenschein, der drauf geruht,
Die Dinge all, die überreichen,
Erstrahlten in der eignen Glut!

Und über diese Welt ergossen,
Die einzig nur dem Aug' geweiht

Und (grausam Spiel) dem Ohr verschlossen,
Lag Schweigen der Unendlichkeit.

II

Erwachend, noch vom Schau'n geblendet.
Fand ich in öder Kammer mich,
Und in mich selbst zurückgewendet
Fühlt' ich der Sorgen scharfen Stich.

Die Uhr mit wuchtig harten Schlägen
Schlug Mittag, und vom Himmelszelt
Sank Finsternis und grauer Regen
Langsam auf die erstarrte Welt.

Morgengrauen

Die Morgenwache tönt durch die Kasernen,
Der Morgenwind umschmeichelt die Laternen.

Dies ist die Zeit der Träume wild und schwül,
Die Knaben wälzen sich auf ihrem Pfühl,
Die Lampe wie ein blutig Auge schimmert,
Ein roter Flecken, der den Tag durchflimmert,
Die Seele, von des Körpers Last besiegt,
Im gleichen Kampf wie Tag und Lampe liegt.
Und, so wie Tränen kommen und verrinnen,
Seltsame Schauer durch die Luft sich spinnen.
Des Schreibens ist der Mann, die Frau des Liebens satt.

Schon steigt der Rauch aus manchem Haus der Stadt.
Die Freudenmädchen, fahl die Augendecken,
Mit offnem Mund in dumpfem Schlaf sich recken,
Die Bettlerin, zerbrochen, mürb, verbraucht,
Bald in die Glut, bald in die Hände haucht.

Dies ist die Zeit, da in den frostigen Zimmern
Der Wöchnerinnen Qualen sich verschlimmern,

Der Hahnenschrei fern durch den Nebel klingt,
Wie Schluchzen, das in blutigem Schaum ertrinkt.
Ein Nebelmeer die Stadt! In dumpfen Hospitalen
Stöhnen die Kranken in den letzten Qualen
Und stossen schluchzend ihre Seufzer aus. –
Der Wüstling taumelt müd und schwer nach Haus,

Und fröstelnd zieht im rosigen Gewand
Der Morgen langsam her vom Seinestrand.
Das düstere Paris reibt sich die Augenlider,
Und greift, ein rüstiger Mann, zum Werkzeug wieder.

Die Seele des Weins

Des Weines Seele hört' ich also singen:
„Aus meines Kerkers Glas und Siegel soll
Dir, Mensch, Enterbter, heut ein Lied erklingen,
Ein Lied von Licht und Bruderliebe voll.

Ich weiss, wieviel du brauchst an Schweiss und Mühe,
Der Hügel braucht an Glut und Sonnenschein,
Damit ich lebe, meine Seele glühe,
Und undankbar und schlecht will ich nicht sein.

Kein grösser Glück wird mir, als wenn ich labe
Des arbeitsamen Müden Herz und Schlund,
Die warme Brust wird mir zum holden Grabe,
Weit sanfter als des kalten Kellers Grund.

Hörst du der Sonntagslieder frohe Wogen?
Die Hoffnung rauscht und klopft in meinem Schoss.

Die Ärmel hoch, gestützt die Ellenbogen
Wirst du mich preisen und dein eigen Los.

Ich mache deines Weibes Augen heiter,
Geb' deinem Knaben Frische, Mut und Pracht
Und stähle ihn, den jungen Lebensstreiter,
Und bin das Öl, das ihn geschmeidig macht.

In dich werd' ich gesät, wie in die Erde
Der Samen, den ein Gott herniedergiesst,
Damit aus unsrer Liebe Dichtung werde,
Die seltne Blume, die gen Himmel spriesst.

Der Wein der Lumpensammler

Oft kommt bei der Laterne rotem Schimmern,
Das jeder Windstoss zucken macht und flimmern,
Im Labyrinth der Vorstadt dumpf und feucht,
Darin die Menschheit wie in Gärung keucht,

Ein Mann daher, der taumelnd Lumpen sammelt,
An Mauern rennt und wie ein Dichter stammelt,
Den Kopf im Nacken, trotz der Späher Schar
Macht er der Welt erhabne Pläne klar.

Er schwört zu Gott und heiligen Geboten,
Erhebt Gefallene und stürzt Despoten,
Und unterm Himmel, der sein Baldachin,
Berauscht der eignen Tugend Leuchten ihn.

Dies Volk, von Not gepeinigt und getrieben,
Von Arbeit wund, vom Alter mürb gerieben,
Gebeugt von Schutt und Kehricht lahm und matt,
Der wüste Auswurf einer Riesenstadt,

Es zieht daher, vom Fassgeruch umflossen,
Ergraut im Krieg mit lärmenden Genossen,
Der Schnurrbart hängt zerfetzten Fahnen gleich,
Vor ihnen baut sich auf ein strahlend Reich.

Die Banner wehn, und Lorbeer schmückt die Hallen,
Sie bringen in des Festrauschs Jubelschallen,
Bei Sonnenpracht, Trompeten, Trommelschlag
Dem liebetrunknen Volk den Ehrentag.

So lässt, der eitlen Menschheit zum Geniessen,
Der Wein sein Gold durch alle Lande fliessen,
Durch Menschenkehlen zieht er singend hin,
Sein Reichtum macht zum wahren König ihn.

Den Groll, das Leid der Armen zu ertränken
Musst' Gott uns reugequält den Schlummer schenken.
Der Mensch erfand, dem alten Fluch zum Hohn,
Den Wein, den Wein, der Sonne heiligen Sohn!

Der Wein des Mörders

Mein Weib ist tot, und ich bin frei!
Nun trink' ich, bis ich nicht mehr kann.
Kam ich sonst ohne Groschen an,
Zerriss mich fast ihr Wutgeschrei.

Nun fühl' ich wie ein König mich;
Die Luft ist mild, der Himmel klar,
Fast ist's, wie's jenen Sommer war,
Als wir uns liebten, sie und ich!

Den schlimmen Durst, der mich zerreisst,
Hab' ich mit soviel Wein gestillt,

Als ihre letzte Grube füllt;
Was wahrlich nicht zu wenig heisst.

Ich senkt' sie in den Schacht, und dann,
Dann warf ich Steine ihr ins Grab,
Soviel's am Brunnenrande gab, –
Ich will's vergessen, wenn ich kann.

Ich hatte voller Zärtlichkeit
Des Schwurs gedacht, der uns verband,
Versöhnlich ihr gereicht die Hand,
Wie einst in jener trunknen Zeit,

Und sie bestellt, von Glut entflammt
Des Nachts nach einer stillen Flur;
Sie kam! – Die dumme Kreatur!
Wir sind ja Narren allesamt!

Sie war noch lieblich anzusehn,
Nur manchmal müde und betrübt,
Und weil ich sie zu sehr geliebt,
Hiess ich sie aus dem Leben gehn.

Niemand begreift mich, der da lebt.
Hat je in solcher finstern Nacht
Ein blöder Trunkenbold bedacht,
Wie man aus Wein ein Bahrtuch webt?

Die unverwundbar stumpfe Brut,
Wie tote Masse kalt und leer,
Kennt Sommer nicht und Winter mehr.
Kennt nicht der Liebe Qual und Glut,

Mit ihrem Taumel schwarz und bang.
Mit ihrem höllischen Geleit

Aus Tränen, Gift und Bitterkeit,
Mit Knochenklappern, Kettenklang.

Ich bin, schaut her, allein und frei!
Wenn ich heut nacht betrunken bin
Streck' ich mich auf die Erde hin
Ganz ohne Reu und Angstgeschrei.

Ich werde schlafen wie ein Hund!
– Der Karren schwerbeladen naht
Voll Kot und Steinen, – links das Rad
Senkt tiefer sich im weichen Grund,

Fährt über mich, zermalmt sogar
Mein schuldig Haupt, und voller Spott
Lach' ich dann über euren Gott
Und über Teufel und Altar.

Der Wein des Einsamen

Der Kurtisane Blick, der sanft uns streichelt,
Dem weissen Mondstrahl gleich, der rieselnd sinkt
Zum stillen Teich und silbern widerblinkt,
Von lässiger Flut umzittert und umschmeichelt,

Das letzte Geld, das Spielers Hand umschlossen,
Der magren Adeline dreister Kuss,
Des Geigenklangs entnervender Genuss,
In den der Menschheit Qualen sich ergossen,

Für all das gebe ich dich nicht zu Tausch,
Du tiefe Flasche, Balsam mir und Rausch,
Erregter Dichterseele Schutz und Wacht.

Aus dir strömt Jugend uns und Lebensmut
Und Stolz, der Bettler einzig Hab und Gut,
Das sie zu Königen und Göttern macht.

Der Wein der Liebenden

Heut leuchten und strahlen die Weiten!
Ohne Zügel und Sporn lass uns reiten,
Lass uns reiten getragen vom Wein
In den Feenhimmel hinein!

Zwei Engel, die sich der heissen,
Der dampfenden Erde entreissen,
Durch des Morgens kristallnes Blau
Hinüber zur spiegelnden Au!

Gebettet auf Windes Rücken,
Der klug uns trägt und uns wiegt,
Ziehn wir im gleichen Entzücken

Seite an Seite geschmiegt,
Ziehn, Schwesterlein, ich und du
Dem Land der Träume zu.

Aufschrift auf ein verpöntes Buch

Leser, friedlich und bescheiden.
Kopf und Herz am rechten Fleck,
Wirf dies Teufelsbuch hinweg,
Das so toll und so voll Leiden.

Schwörst du nicht mit Satans Eiden,
Dieses Pfaffen schlau und keck,
Dann glaubst du mich krank. Wirf s weg'.
Wir verstehn uns nicht, wir beiden.

Doch wenn ohne sich zu trüben
In den Abgrund taucht dein Blick,
Lies mich dann, um mich zu lieben,

Herz voll Leid und Missgeschick,
Das voll Sehnsucht Eden sucht,
Weine! – Oder sei verflucht!

Die Zerstörung

Ohn' Unterlass mein Dämon mich bedrängt,
Wie von der Luft bin ich von ihm umfangen,
Ich atme ihn und fühl' mein Herz versengt
Von unstillbarem, sündigem Verlangen.

Oft, da mein Schönheitsdrang ihm offenbar,
Kommt er als holdes Weib voll süsser Ränke,
Mit falscher, buhlerischer Worte Schar
Gewöhnt er mich an giftige Liebestränke.

Er schleppt mich, fern von Gottes gnädiger Hand,
Elend, gebrochen, keuchend durch das Land,
Bis zu des Jammers abgrundtiefem Tale;

Dort starren meine Blicke wirr und wild
Auf Kleiderfetzen und auf blutige Male,
Auf der Zerstörung furchtbar Schreckensbild.

Eine Märtyrin

Zeichnung eines unbekannten Meisters

Inmitten von Flakons, matthellen Seidenbändern
Und üppigem Gerät,
Marmorner Bilder Pracht und duftenden Gewändern
Voll schwerer Majestät,

Im engen Zimmer, drin wie zwischen Treibhauswänden
Bedrückend schwül die Luft,
Wo in kristallnem Sarg sterbende Blumen spenden
Den schalen Moderduft,

Da lässt auf seidnen Pfühl sein rotes Blut entfliessen
Ein Leichnam ohne Haupt;
Das Kissen saugt den Strom voll Gier wie trockne Wiesen,
Die durstig und verstaubt.

Und bleichem Spukbild gleich, das ich voll Grauen wähne
Dem Schattenreich entrückt,
Sehı ich ein düstres Haupt mit wirrer, dunkler Mähne
gold- und juwelgeschmückt

Starr auf dem Nachttisch ruhn, –fast gleicht es der Ranunkel.
Gedankenlos und leer
Stiehlt sich ein bleicher Blick, dämmernd aus fahlem Dunkel,
Unsicher zu mir her.

Der Rumpf ruht auf dem Bett. Nackt, sorglos hingegeben
Enthüllt er ohne Acht
Den unheilvollen Reiz, den ihm Natur gegeben,
Unseliger Schönheit Macht.

Ein rosafarbner Strumpf, umsäumt von goldnen Spitzen,
Blieb noch am Fuss zurück,
Das Strumpfband leuchtet auf wie eines Auges Blitzen
Und schiesst demant'nen Blick.

Der Anblick seltsam fremd, des schwülen Bildes Flimmer
In dem verlassenen Raum,
Die lockende Gestalt, der Augen blasser Schimmer
Weckt düstern Liebestraum.

Weckt schuldbeladnes Glück und toller Feste Rauschen
        Voll Küssen wild und matt
Und böser Engel Lust, die in dem Vorhang lauschen
        Rings um die Lagerstatt.

Noch jung ist dieser Leib, die Linie schlank gezogen,
        Ein wenig mager schier,
Die Hüfte spitz, der Leib erregt zurückgebogen,
        Wie ein gereiztes Tier.

Ward einst dies bittre Herz des Überdrusses Beute?
        Gab sich der heisse Sinn
Der Träume wirrem Schwarm, der hungrig wilden Meute
        Verworfner Wünsche hin?

Hat der rachsüchtige Mann, des nimmersatte Triebe
        Du lebend nicht gestillt,
Auf deinen toten Leib das Übermass der Liebe
        Gehäuft und angefüllt?

Unkeuscher Leichnam sprich! Rieht, auf die starre Mähne
        Mit fieberschwerer Hand,
Hat er, sprich furchtbar Haupt, auf deine kalten Zähne
        Den letzten Kuss gebrannt?

Ruh' aus, der Welt entrückt, fern ihrem Spott und Grolle
        Und strengem Richterstab,
In Frieden ruhe aus, du fremd Geheimnisvolle
        Im wunderlichen Grab.

Dein Mann durchirrt die Welt, und dein unsterblich Wesen
        Folgt ihm in Nacht und Not,
Und er bleibt stark und fest, so wie du es gewesen,
        Und treu bis in den Tod.

Lesbos

Mutter lateinischer Spiele und griechischer Wonnen,
Lesbos, wo Küsse schmachtend und feurig und zag,
Frisch wie die reifende Frucht und heiss wie die Sonnen
Die Nächte geschmückt und den fröhlich leuchtenden Tag;
Mutter lateinischer Spiele und griechischer Wonnen,

Lesbos, wo Küsse sind wie die stürzenden Fluten,
Die ohne Zagen sich werfen in grundlose Schlucht
Und seufzend verrinnen und schluchzend verbluten,
Stürmische Küsse, geheim und voll brennender Sucht;
Lesbos, wo Küsse sind wie die stürzenden Fluten!

Lesbos, wo heiss die Phrynen einander begehren,
Und jeder Seufzer ein zärtliches Echo fand,
Das gleich Paphos die ewigen Sterne verehren,
Und wo Sappho der Venus die Siege entwand!
Lesbos, wo heiss die Phrynen einander begehren,

Lesbos, du Land der Nächte, voll Gluten und Schmachten,
Wo vor den Spiegeln in nutzloser Leidenschaft
Hohläugige Mädchen zärtlich liebkosend betrachten
Die Früchte ihrer reifenden Frauenschaft.
Lesbos, du Land der Nächte, voll Gluten und Schmachten,

Lass nur den alten Plato die Stirne falten;
Dir wird die Entsühnung durch deiner Küsse Macht,
Herrin des lieblichsten Reichs und holder Gewalten
Und der Genüsse unerschöpflichem Schacht.
Lass nur den alten Plato die Stirne falten.

Dir wird die Entsühnung durch deine endlosen Qualen,
Die allen sehnenden, strebenden Herzen gesandt,
Wenn fernher lockt das Lächeln, das heitere Strahlen

Traumhaft von anderer Himmel berauschendem Strand!
Dir wird die Entsühnung durch deine endlosen Qualen!

Wer von den Göttern, o Lesbos, wagt, dich zu richten,
Wer zu verdammen dein Antlitz von Leiden erblasst,
Der nicht gewogen die Sintflut mit goldnen Gewichten,
Deiner Tränen Flut, die ins Meer sich ergiesst ohne Rast?
Wer von den Göttern, o Lesbos, wagt, dich zu richten?

Was sind uns Gesetze, was Lehren vom Bösen und Guten?
Euer Lob, edle Mädchen, weit über die Insel erklingt,
Euer Glaube, wie jeder, ist voll von erhabenen Gluten,
Über Himmel und Hölle hellachend die Liebe sich schwingt!
Was sind uns Gesetze, was Lehren vom Bösen und Guten?

Mich hatte Lesbos erwählt, das Geheimnis zu singen
Seiner holden Mädchen, die kaum aus der Knospe erblüht,
Denn früh schon wollt' ich die düsteren Rätsel durchdringen,
Liebt' ich das wilde Gelächter von Tränen durchglüht;
Mich hatte Lesbos erwählt, das Geheimnis zu singen.

Seitdem wach' ich, hoch auf Leukates felsigen Riffen
Und spähe, ein Posten, das Auge scharf und genau,
Spähe bei Tag und bei Nacht nach Kähnen und Schiffen,
Die ferne erzittern und frösteln im Blau;
Seitdem wach' ich, hoch auf Leukates felsigen Riffen,

Um des Meeres Milde und gütigen Sinn zu erspähen,
Und eines Abends bei schluchzender Seufzer Lied
An Lesbos verzeihende Küste treiben zu sehen
Die göttliche Leiche der Sappho, die schied,
Um des Meeres Milde und gütigen Sinn zu erspähen!

Der männlichen Sappho, die da geliebt und gedichtet,
Die schöner als Venus in düsterer Blässe erglüht!

Blauleuchtender Blick wird vom dunkeln besiegt und vernichtet,
Wenn im finsteren Kreise der Leiden und Qualen er sprüht
Der männlichen Sappho, die da geliebt und gedichtet!

Schöner als Venus, die über die Erde sich schwingend,
Das All mit den Schätzen der strahlenden Heiterkeit schmückt,
Mit ihrer blonden Jugend ihn selber bezwingend
Den alten Ozean, den seine Tochter entzückt.
Schöner als Venus, über die Erde sich schwingend,

Sappho, am Tag ihrer Lästrung und Schande gestorben,
Da sie, verspottend der alten Gesetze Gewalt,
Mit ihres Leibes Schönheit um Liebe geworben,
Um die Liebe des Rohen, der mit Hochmut die Sünde vergalt
Sapphos, am Tag ihrer Lästrung und Schande gestorben.

Seitdem hört man Lesbos von wilden Klagen ertönen;
Trotz all der Ehren, die ihm das Weltall erweist
Berauscht es sich nächtlich an Sturmwinds Schreien und Stöhnen,
Der die öden Gestade zum Himmel aufpeitschet und reisst!
Seitdem hört man Lesbos von wilden Klagen ertönen!

Verdammte Frauen

Delphine und Hyppolyte

I

Wo matte Lampen fahles Licht verbreiten,
Auf weichem Pfühl, von Düften sanft umkreist,
Träumt Hippolyte von wilden Zärtlichkeiten,
Drin ihrer Unschuld Schleier jäh zerreisst.

Und wirre Blicke durch den Sturm sie sendet
Nach ihrer fernen Reinheit Paradies,
So wie der Wanderer sich rückwärts wendet,
Den blauen Himmel sucht, den er verliest.

Die müssigen Tränen in dem Blick, dem schlaffen,
Das Antlitz starr, von dumpfer Lust verzehrt,
Die Arme müde wie besiegte Waffen,
Das alles ihren zarten Reit vermehrt.

Delphine, ihr zu Füssen, lustdurchschauert
Misst sie mit heissem Blick voll stummer List,
Ein starkes Tier, das auf die Beute lauert,
Die schon durch seinen Zahn gezeichnet ist.

Die starke Schönheit kniend vor der zarten,
Wollüstig schlürft sie des Triumphes Trank
Und dehnt sich zu ihr hin in heissem Warten,
Nun zu empfangen ihren Liebesdank.

Sie sucht der Freude stumme Weihelieder
In ihres bleichen Opfers Angesicht,
Und jenen Dank, der von der Wimper nieder,
Ein langes Seufzen, aus der Seele bricht.

„Mein Liebling, Hippolyte, lass nun dies Brüten.
Versteh, und fasse endlich den Entschluss,
Nicht aufzuopfern deine ersten Blüten
Dem rauhen Sturm, der sie entblättern muss.

Den Eintagsfliegen gleichen meine Küsse,
Die abends kosend klare Seen umziehn,
Die deines Freundes graben tiefe Risse,
Ziehn über dich wie Pflüg und Wagen hin.

Wie plumpe, schwerbeladne Karren gehen,
Wie Pferdehuf sie grausam über dich,
O Schwester Hippolyte, lass mich dein Antlitz sehen,
Mein Leben du, mein halb und ganzes Ich.

Lass deiner Augen blauen Glanz mich trinken!
Für einen Blick lüft' ich des Schleiers Saum
Und lasse ihn von dunkeln Wonnen sinken
Und wiege dich in einen ewigen Traum!“

Und Hippolyte, das Haupt zu ihr gewendet:
„Ich bin nicht undankbar, doch leid' ich Qual,
Bin ruhelos, als wäre ich geschändet
Von einem nächtlich wüsten Freudenmahl.

Mir ist, als stürze auf mich dumpf Entsetzen
Und schwarzer Geister Heere wild verzerrt,
Sie wollen mich auf schwanke Stege hetzen.
Die rings ein blutigroter Himmel sperrt.

Ist, was wir tun, nicht doch ein fremd Verbrechen?
Erkläre meiner Angst und Schrecken Sinn!
Ich zittre, hör' ich dich 'Mein Engel' sprechen.
Und doch reisst's meinen Mund zu deinem hin.

Blick' mich nicht also an, du, die ich liebe.
Auf ewig liebe, Schwester meiner Wahl,
Selbst wenn du nur Verlockung meiner Triebe,
Nur Anfang von Verdammnis, Hölle, Qual!“

Delphine schüttelt wild ihr Haar, im Grimme
Stampft auf den Dreifuss sie mit bösem Blick,
„Wer darf,“ ruft sie mit herrisch rauher Stimme,
von Hölle reden bei der Liebe Glück?

Verflucht der Träumer, den zuerst es drängte,
Zu lösen den unlösbar leeren Streit,
Und der in seinem blöden Sinn vermengte
Mit Liebesdingen Recht und Ehrbarkeit!

Wer Tag mit Nacht, wer Schatten mit den Gluten,
Wer einen will, was sich auf ewig trennt,
Dem wird die lahmen Glieder nie durchfluten
Die rote Sonne, die man Liebe nennt!

Geh, wenn du willst, such' dir den stumpfen Gatten;
Schenk seinem rohen Kuss dein Jugendglück;
Und, bleiche Reue in dem Blick, dem matten,
Geschändet und voll Graun kommst du zurück.

Man kann nur einem Herrn Genüge schaffen!"
Jedoch das Kind, ausströmend bittren Schmerz,
Schreit plötzlich auf: „Den Abgrund fühl' ich klaffen
In meiner Brust; der Abgrund ist mein Herz!

Ein Feuerschlund, tief wie das Nichts hienieden.
Unstillbar ist des Ungeheuers Glut,
Unstillbar wie der Durst der Eumeniden,
Und ihre Fackel brennt in meinem Blut.

Dass dieser Vorhang doch die Welt verschlösse,
Dass Müdigkeit uns führ dem Schlafe zu!
Dass ich an deinem Hals den Tod genösse,
An deiner Brust des Grabes Glück und Ruh!" –

Hinab, hinab, du Schar der Opfer, walle!
Du bist zum ewigen Höllenpfad verdammt!
Versink im Abgrund, wo die Sünden alle,
Gepeitscht vom Wind, der nicht vom Himmel stammt,

Aufbrodelnd durcheinanderwirbeln, brüllen,
Lauft hin zum Ziel, ihr Schatten toll und jung;
Nie werdet eure Raserei ihr stillen,
Und eure Lust ist eure Züchtigung.

Nie seht in eurer Höhle Tag ihr schimmern;
Doch durch die Ritzen Fieberkeime ziehn;
Sie flammen auf, dass sie wie Lichter flimmern
Und gehn wie Gift durch euren Körper hin,

Die Unfruchtbarkeit eurer Jugendtage
Erschlafft die Haut, wie sie den Durst entfacht.
Und böser Lüste fürchterliche Plage
Aus eurem Fleisch kraftlose Fetzen macht.

Fern von der Welt, Verdammten gleich, Verirrten,
Durch Wüsten eilt, wie Tiere, die man jagt;
Vollendet euer Schicksal, ihr Verwirrten,
Und flieht die Hölle, die ihr in euch tragt.

II

Wie müde Tiere lagern sie im Sand,
Den Blick zum Meer gelenkt in stiller Trauer,
Es schmiegt sich Fuss an Fuss und Hand in Hand
In sanftem Sehnen und in Fieberschauer.

Die einen gehn, berauscht von Heimlichkeit,
Am Waldrand, wo der Bach raunt durch die Träume,
Und ritzen wie in erster Liebe Zeit
Geheime Zeichen in die jungen Bäume.

Andre, gleich Schwestern, wandern langsam da,
Wo Truggesichte durch die Wüste ziehen.

Wo Sankt Anton zwei nackte Brüste sah
In der Versuchung Purpurlicht erglühen.

Andre bei halberloschner Fackel Dunst
In heidnischer Gewölbe dumpfen Hallen,
Flehn deine Hilfe an in Fieberbrunst,
Bacchus, Erlöser aus der Reue Krallen.

Andre, die Brust vom Skapulier bedeckt,
Verbergen Geisseln in des Kleides Falten,
Und mischen nachts, im stillen Wald versteckt,
Taumel und Lust mit wilden Schmerzgewalten.

Jungfrauen, Teufel, Dulderinnen ihr,
Des Alltags und der Wirklichkeit Verächter,
Die ihr das Unbegrenzte liebt voll Gier,
Bald Tränen habt, bald Schreie und Gelächter,

Bis in die Hölle folgte euch mein Herz,
Das Bruderliebe und Erbarmen füllen,
Ich lieb' euch, Schwestern, um den finstern Schmerz,
Der unstillbaren Gier und Liebe willen.

Die beiden barmherzigen Schwestern

Lust und Vergänglichkeit, zwei schöne Weiber,
Die reich an Küssen sind, ein kraftvoll Paar,
Lumpenverhüllt die jungfräulichen Leiber,
Durch ewiger Arbeit Mühen unfruchtbar.

Dem Dichter sind sie liebe Zeitvertreiber;
Es bieten Freudenhaus und Grab sogar
Dem finstern Höllenfreund, dem Märchenschreiber
In ihrem Schutz ein reulos Lager dar.

Ja, Bett und Sarg, an Frevel überreich,
Sie spenden uns, barmherzigen Schwestern gleich,
Entsetzlichen Genuss und süsse Pein.

Wann kommst du, ekle Lust, und sargst mich ein?
Du, ihr Rivale, tödliches Vergessen,
Wann pfropfst auf welke Myrten du Zypressen ?

Die Blutquelle

Und manchmal ist's, als strömt mein Blut von hinnen.
Wie eine Quelle hör' ich's schluchzend rinnen,
Allein ich hör das lange Murmeln nur
Und tast' vergebens nach der Wunde Spur.

Und es ergiesst sich durch die Stadt tief innen,
In Ströme wandelnd Strassen, Gänge, Rinnen,
Es löscht den Durst der ganzen Kreatur
Und taucht in rote Flammen die Natur.

Den Wein, den listigen Tröster bat ich oft,
Einmal das Schrecknis, das mich quält, zu stillen,
Jedoch er schärft den Sinn, statt zu verhüllen;

Von Liebe hab' Betäubung ich erhofft,
Allein ein Bett voll Dornen ward mir Liebe,
Sie stillte nur der wilden Mädchen Triebe.

Allegorie

Ein wundervolles Weib, herrlich und stolz die Glieder,
Zum weingefüllten Kelch wallt ihr das Haar hernieder.
Der Liebe Gift, der Trank, den die Spelunke braut,
Sie gleiten spurlos ab am Marmor ihrer Haut.
Sie lacht dem Tod und höhnt der wilden Lust Begehren

Der beiden Drachen, die da streicheln und versehren,
Und im Vernichtungsspiel doch immer noch verschont
Die strenge Hoheit, die im festen Körper wohnt.
Ruhend der Haremsfrau, der Göttin gleich im Schreiten
Wird in der Lust sie dir des Orients Rausch bereiten;
Mit ihren Armen, die sie weit geöffnet hält,
Winkt sie der Menschheit zu, umfängt sie eine Welt.
Sie glaubt, sie weiss es, sie, die grosse Unfruchtbare,
Die unentbehrlich doch im Gang der Weltenjahre,
Dass Schönheit ein Geschenk so wundervoller Art,
Dass jedem Frevel schon durch sie Entsühnung ward.
Sie achtet Hölle nicht, nicht Fegefeuers Wehen,
Und ruft die Stunde einst, den schwarzen Pfad zugehen,
Dann wendet sie den Blick zum Tod hin ohne Scheu,
Ein Kind, ganz unschuldvoll, ganz ohne Hass und Reu .

Beatrice

Ich ging durch kahles Land, durch sandig dürre Heide
Und klagte der Natur die Schmerzen, die ich leide,
Und wie mein Sinnen flog, vom Zufall nur gelenkt,
Fühlt' ich, wie sich ein Dolch langsam ins Herz mir senkt.
Und sah steil über mir im schwülen Mittagsschweigen
Ein finster Wolkenbild sich mählich abwärts neigen.
Böser Dämonen Schar die finstre Wolke trug,
Zwergartig, lasterhaft, grausam und voller Lug.
Keck lenkten sie auf mich die Blicke hin wie Laffen,
Die im Vorübergehn nach einem Tölpel gaffen.
Sie lachten, flüsterten und tauschten listig flink
Manch freches Zeichen aus und manch geheimen Wink:

„Schaut dieses Zerrbild an in voller Prachtentfaltung,
Des Hamlet Schatten ist's, nachäffend Gang und Haltung,
Sein unentschlossner Blick, im Wind sein flatternd Haar,

Ein jammervolles Bild stellt dieser Wüstling dar.
Es glaubt der Komödiant, der Lump der närrischtolle,
Weil er bis jetzt gespielt ganz artig seine Rolle,
Dass er sie alle rührt mit seinem Weh und Ach,
Adler und Grille dort und Blumen, Wald und Bach;
Selbst uns, die wir genau die alten Kniffe kennen,
Trägt er sein Leiden vor mit Heulen und mit Flennen!"

Ich hätte (denn mein Stolz, hochragend wie die Berge,
Steht überm Hohngeschrei heimtückisch böser Zwerge),
Ich hätt' mein fürstlich Haupt stillächelnd abgewandt,
Hätt' ich im tollen Schwarm nicht sie, nicht sie erkannt.
O Frevel, unerhört! Schwankt droben nicht die Sonne?
Sie mit dem Götterblick, sie meiner Seele Wonne,
Sie lachte meiner Not in meiner Feinde Schar,
Bot ihrer Unzucht sich schamlos und zärtlich dar.

Die Verwandlung des Vampire

Das Weib mit rosigem Mund begann den Leib zu recken,
Wie sich die Schlange dreht auf heissem Kohlenbecken,
Und in den Schnürleib fest die Brüste eingezwängt,
Sprach diese Worte sie, von Moschus ganz durchtränkt:
„Mein Mund ist rot und feucht, und auf des Lagers Kissen
Kann alle Tugend ich und alle Weisheit missen.
Die Tränen trockne ich auf meines Busens Pracht,
Mach' Alte fröhlich, wie man Kinder lachen macht.
Wer ohne Hüllen schaut des nackten Leibes Wonnen,
Dem ist der Mond verlöscht und Himmelswelt und Sonnen!
Ich bin, mein Weiser, so geübt in Wollustglut,
Dass tödlich fast dem Mann wird der Umarmung Wut,
Und wenn ich meinen Leib den Küssen überlassen,
Die frech und schüchtern mich und zart und roh erfassen,

Dann über meinem Pfühl, der sich vor Wonne bäumt,
Ohnmächtiger Engel Schar von meinen Reizen träumt."

Nachdem aus dem Gebein sie mir das Mark gesogen,
Dreht ich mich matt zu ihr, von Liebe hingezogen,
Um sie zu küssen, doch nichts hat mein Aug' entdeckt,
Als einen leeren Schlauch, besudelt und befleckt!
Ich schloss die Augen schnell, gepackt von kaltem Grauen,
Und öffnete sie dann, beim hellen Licht zu schauen
An jener Puppe Statt, die neben mir geruht,
Und die zu strotzen schien von Leben, Kraft und Blut,
ein zitterndes Skelett, verwirrter Knochen Trümmer,
Daraus ein Stöhnen klang wie Wetterhahns Gewimmer,
Wie eines Schildes Schrei, das in den Angeln kracht,
Wenn es der Windstoss dreht in stürmischer Winternacht.

Eine Reise nach Kythera

I

Mein Herz, ein Vogel, fröhlich aufwärts fliegend,
Umschwebt voll Heiterkeit des Segels Tau,
Das Schiff rollt unterm klaren Himmelsblau,
Ein Engel, in der Sonne Glanz sich wiegend.

Doch jene Insel, schwarz und düster dort;
Kythera ist's, durch Ruhmesklang erhaben,
Einstmals das Paradies der alten Knaben,
Ein armes Land jetzt und ein finstrer Ort.

Insel der Feste, süsser Heimlichkeiten!
Noch immer schwebt der Liebesgöttin Bild
Hier überm Meer, wie Duft so feurigmild,
Dass Lieb' und Sehnsucht unsere Herzen weiten.

Insel, von Myrten, Blumen überblüht,
Von jedem Land, von jeder Zeit gefeiert,
Wo der Verliebten Seufzer sanft verschleiert,
Wie Weihrauch einen Rosenwald durchglüht,

Wie ewiges Girren liebeskranker Tauben!
Und jetzt, – nur Wüste, felsigdürre Welt,
Vom scharfen Schrei der Vögel wild durchgellt.
Und dennoch will ich an ein Wunder glauben!

II

Kein Tempel ragt aus schattiger Büsche Wand,
Nicht seh' ich junge Priesterinnen schreiten
Durch Blumen hin, voll heisser Heimlichkeiten.
Im leisen Lufthauch flatternd das Gewand.

Doch wie wir nah genug der Küste streben,
Dass unser Segel scheucht der Vögel Schwarm,
Erkenn ich eines schwarzen Galgens Arm
Zypressengleich vom klaren Blau sich heben.

Und wilde Vögel, eng beisammen sitzend,
Zernagen des Gehenkten morschen Leib,
Unreine Schnäbel, wie zum Zeitvertreib
In Fäulnis tauchend und das Blut verspritzend.

Des Toten Augen starren Löchern gleich,
Die Därme sieht man blutig sich ergiessen,
Die Henker ihre grausige Lust gemessen,
Zerstören diesen Leib mit Hieb und Streich.

Und unter ihm schleicht neidisch das Gelichter,
Vierfüssig Volk, die Schnauze hochgestreckt,

Aus ihrer Mitte sich der Grösste reckt,
Wie aus der Knechte Schar der blutige Richter.

Kytheras Kind, Kind blauer Himmelsluft,
So duldest du die grausige Schmach mit Schweigen,
So sühnst du deiner Liebesfeste Reigen,
Der Frevel Last verwehrt dir Sarg und Gruft.

Spasshafter Toter, deine Leiden alle
Sind meine! Wie der Wind dich hebt und neigt
Ein bittrer Ekel mir zum Munde steigt,
Der alten Schmerzen aufgewühlte Galle.

Vor dir, du Armer, hab' ich sie gefühlt
Mit ihren Schnäbeln, Krallen, scharfen Zähnen
Die wilden Raben, Geier und Hyänen,
Die einst so gern zerfleischt mich und zerwühlt.

Des Himmels Blau kann mich mit Lust nicht füllen,
Ich fühle nur noch Qual und Götterfluch
Und möchte, ach wie in ein Leichentuch
Mein Herz in dieses trübe Gleichnis hüllen.

Auf Venus' Insel alles mir zerrann,
Ein Galgen blieb, daran mein Bild zu schauen. –
Gib, Herr, mir Kraft und Mut, dass ohne Grauen
Hinfort ich auf mich selber blicken kann!

Die Liebe und der Schädel

Die Liebe hat zu ihrem Thron
Der Menschheit Haupt erkoren,
Sitzt auf dem Schädel nun voll Hohn
In fröhlich Spiel verloren.

Bläst runde Blasen in die Luft,
Die hoch zu steigen scheinen,
Als wollten sie mit Glanz und Duft
Die Welt dem Äther einen.

Doch schwebt er in die Luft hinaus,
Der Ball aus buntem Schaume,
Zerspringt er, sprüht die Seele aus,
Gleich einem goldnen Traume.

Bei jeder Blase, die entflohn,
Hör' ich den Schädel flehen:
„Dies Spiel voll Grausamkeit und Hohn,
Wird s nie zu Ende gehen ?

Hör, was dein Mund so frevelhaft
Den Lüften preisgegeben,
Das, Mörder, das war meine Kraft,
Mein Hirn, mein Blut, mein Leben."

Die Verleugnung des heiligen Petrus

Was macht nur Gott mit diesem Meer der Flüche,
Das Tag für Tag zu seinem Throne schwillt ?
Wie ein Tyrann, von Fleisch und Wein gestillt,
Schläft er bei dem Geheul der Lästersprüche.

Der Opfer Schrein auf grauser Marterstatt
Scheint er wie holden Symphonien zu lauschen,
Denn trotz der Ströme Bluts, die um ihn rauschen.
Wird seine Wollust nicht der Greuel satt.

Denkst, Jesus, du an jenes Ölbergs Schatten,
Wo kindlich du dein Flehn ihm dargebracht,

Der hoch im Himmel deiner Qual gelacht,
Als sie den zarten Leib durchbohrt dir hatten?

Befleckt, bespieen deine Göttlichkeit,
Als dir das Gassenvolk mit frechem Hohne
Auf's Haupt gepresst die spitze Dornenkrone,
Auf's Haupt, das einer Menschheit du geweiht;

Da, als du hingst von schwerer Qual zerbrochen,
Am Kreuze hoch, die Arme ausgereckt,
Das bleiche Antlitz schweiss- und blutbedeckt,
Durchbohrt wie eine Scheibe und zerstochen,

Gedachtest du da milder Tage Schein,
Da du auf laubgeschmückten, sonnigen Wegen,
Auf sanftem Maultier zogst der Stadt entgegen,
Ein heiliges Gelübde zu erneu'n?

Da aus dem Tempel du im Zornesglanze
Die Händler jagtest, niedrig' Volk der Gier,
Und da du König wardst? – Hat nicht die Reue dir
Das Herz durchbohrt noch vor der scharfen Lanze?

– Wahrlich, ich meide gerne dies Geschlecht,
Dem Traum und Tat nie eins zu sein begehrte,
Kämpf ich, so fall' ich auch mit meinem Schwerte!
Petrus verleugnete den Herrn mit Recht.

Abel und Kain

I

Stamm Abels, schlafe, iss und trinke;
Gott lächelt gnädig dir;

Stamm Kains, in Schmutz und Schlamm versinke,
Verende wie ein Tier.

Stamm Abels, deines Opfers Spende
Umkost die Engelein;

Stamm Kains, wann naht sich wohl das Ende,
Das Ende deiner Pein ?

Stamm Abels, üppig deine Weide,
Der Herde Schar gesund;

Stamm Kains, was heult dein Eingeweide
Vor Hunger wie ein Hund?

Stamm Abels, wärme Leib und Seele
Am heimischen Herd voll Ruh,

Stamm Kains, ein Schakal in der Höhle
Vor Kälte zittre du!

Stamm Abels, deine Zahl vermehre,
Dein Gold selbst hecke dir;

Stamm Kains, dem heissen Herzen wehre,
Und hüte deine Gier.

Stamm Abels, gras auf allen Wegen,
Den Raupen gleich an Zahl!

Stamm Kains, auf deinen wirren Wegen
Lieg' Kampf und Todesqual.

II

Stamm Abels, wenn du einst verendet,
Dein Aas die Sonne frisst!

Stamm Kains, du hast noch nicht vollendet,
Was deines Amtes ist;

Stamm Abels, deines Eisens Klinge
Dem Wurfspiess ward zum Spott!

Stamm Kains, zum Himmel auf dich schwinge,
Zur Erde schleudre Gott!

Die Litanei des Satans

O Cherub, weisester, schönster von Gottes Söhnen,
Gestürzt, selbst noch ein Gott, dem keine Psalmen tönen,
Satan, erbarm dich mein in meiner tiefen Not!

O König des Exils, den man mit Schmach bedeckt,
Und der, besiegt, voll Trotz das Haupt nur höher reckt,
Satan, erbarm dich mein in meiner tiefen Not!

Du, der du alles weisst, Herrscher in dunkeln Tiefen,
Helfer der Menschen, die in bittrer Angst dich riefen,
Satan, erbarm dich mein in meiner tiefen Not!

Der Liebe selbst ins Herz Verstossener, Kranker senkt,
Und ihnen so den Duft aus Edens Gärten schenkt,
Satan, erbarm dich mein in meiner tiefen Not!

Der sich die Todesnacht zur Liebsten wählt und Herrin,
Mit ihr die Hoffnung zeugt, die wunderholde Närrin,
Satan, erbarm dich mein in meiner tiefen Not!

Der dem Verfemten schenkt den Blick voll Ruh und Spott,
Mit dem er niederwirft das Volk um sein Schafott,
    Satan, erbarm dich mein in meiner tiefen Not!

Der in der Erde kennt die tiefverborgnen Schreine,
Darin der neidische Gott verbirgt die Edelsteine,
    Satan, erbarm dich mein in meiner tiefen Not!

Du, dessen klarer Blick erkennt den finstern Schacht,
Drin die Metalle ruhn, gehüllt in Schlafes Nacht,
    Satan, erbarm dich mein in meiner tiefen Not!

Du, dessen Hand verdeckt Abgrund und Schlucht und Wirren,
Nachtwandelnde beschützt, die über Dächer irren,
    Satan, erbarm, dich mein in meiner tiefen Not!

Der heil aus der Gefahr den alten Säufer zieht,
Der unter Pferdeshuf taumelnd am Weg geriet,
    Satan, erbarm dich mein in meiner tiefen Not!

Der uns zum Trost gelehrt, wenn Leiden uns bedrängen,
Mit des Salpeters Kraft den Schwefel zu vermengen,
    Satan, erbarm dich mein in meiner tiefen Not!

Der, Helfershelfer uns, sein Mal gebrannt voll List
Auf jedes Reichen Stirn, der feil und grausam ist,
    Satan, erbarm dich mein in meiner tiefen Not!

Der in des Mädchens Herz tief seine Saat gesenkt,
Dass es voll Lust an Blut und Grau'n und Fetzen denkt,
    Satan, erbarm dich mein in meiner tiefen Not!

Der Ausgewiesnen Stab und des Erfinders Licht,
Erhenkter Trost und Schutz, Verbrechers Zuversicht,
    Satan, erbarm dich mein in meiner tiefen Not!

Aller Verstossnen Freund und liebender Berater,
Die einst in finstrem Zorn aus Eden stiess der Vater,
Satan, erbarm dich mein in meiner tiefen Not!

Bitte

Dir, Satan, Lob und Preis im hohen Himmelszelt,
Wo du geherrscht dereinst, bis zu der finstren Welt,
Wo du besiegt nun ruhst und träumst in tiefem Schweigen!
Lass meine Seele sich ganz nahe zu dir neigen,
Wenn der Erkenntnisbaum sein üppiges Geäst
Hoch über deinem Haupt zum Tempel werden lässt!

Der Tod der Liebenden

So tief und weich, als ob es Gräber wären,
Lass unsre duftumhüllten Lager sein,
Und ringsum Blumen, die in schönren Sphären
Für uns erblüht in einem fremden Hain.

Lass unser letztes Glühen und Begehren
Gleich düsterroten Fackeln lodern drein,
Zwiefache Flammen, die sich spiegelnd mehren
In unsrer Doppelseele Widerschein.

Der Abend brennt in rosig-blauem Flimmer,
Ein letztes Glühen noch, dann schweigt für immer
Der lange Seufzer, schwer von Abschiedsqual.

Und lächelnd tritt ein Engel in das Zimmer
Und weckt zu neuem Leben, neuem Schimmer
Erloschne Spiegel, toter Kerzen Strahl.

Der Tod der Armen

Du bist der Tod, der tröstet und belebt,
Du bist das Ende und der Hoffnungsstrahl,
Der Zaubertrank, der uns berauscht und hebt
Bei unsrem nächtigen Gang durchs dunkle Tal.

Du bist der Glanz, der schimmernd vor uns schwebt,
Durch Sturm und Wetterwolken dumpf und fahl,
Du bist das Obdach, ach so heiss erstrebt,
Du bist uns Schlaf und Ruh und stärkend Mahl.

Du kommst, ein Engel aus geweihten Stätten,
Uns Nackte und Verstossne weich zu betten,
Traum und Entzückung strömt aus deiner Hand.

Des Armen Gut, sein seliges Erretten,
Uralte Heimat du, Erlösung aus den Ketten,
Die offne Tür zum unbekannten Land.

Der Tod des Künstlers

Wie oft noch werd' ich, finstre Spottgestalt,
Die flache Stirn dir schellenrasselnd küssen?
Wie viele Pfeile noch verlieren müssen,
Eh' ich ins Schwarze traf der Urgewalt?

Wir üben unsre Kräfte mannigfalt,
Zersplittert liegt die Waffe und zerrissen,
Eh' von der grossen Kreatur wir wissen,
Der unsre Sehnsucht, unser Seufzen galt.

Und viele sehn ihr Antlitz niemals tagen
Und wagen doch, geächtet und gebannt,
Dein Bild zu formen mit verruchter Hand,

Von einer dunklen Hoffnung nur getragen,
Dass einst der Tod, ein neues Sonnenglühn,
Aus ihrem Hirn die Blumen lässt erblühn.

Tagesende

Unter einem fahlen Glanze
Lärmt das Leben ohne Sinn,
Tollt und taumelt wild im Tanze.
Sieh, da kommt die Trösterin,

Kommt die Nacht vom Himmelsrande,
Alles stillend, selbst die Gier,
Alles löschend, selbst die Schande,
„Endlich!“ sag' ich froh zu mir.

Denn mein Geist und meine Glieder
Flehen heiss die Ruhe nieder;
Müd von finstrer Träume Streit

Will ich mich zum Schlafe strecken,
Hüllen mich in deine Decken,
Wohlig kühle Dunkelheit!

Der Traum eines Neugierigen

Kennst du wie ich die lockendsüssen Leiden,
Und nennt man einen Sonderling auch dich?
Ich lag im Tod. – Begier und Furcht, die beiden
Vermischten sich im Herzen wunderlich.

Nur Angst und Hoffnung, nichts von Groll und Streiten.
Je mehr der Sand der schlimmen Uhr entwich,
Fühlt' ich's nur süsser, herber mich durchgleiten,
Und von der Welt riss meine Seele sich.

Und harrte wie ein Kind, von Gier erfüllt.
Den Vorhang hassend, der das Wunder hüllt.
Der Vorhang stieg: ein kalter Strahl des Lichts –

Und eisiger Schauder durch das Herz mir kroch:
Kein Wunder kam, tot war ich, – weiter nichts?
Der Vorhang stieg, ich warte immer noch.

Die Reise

I

Dem Kind, berauscht von bunter Bilder Flimmer,
Scheint wie sein Lebenshunger weit die Welt,
Wie ist sie gross beim stillen Lampenschimmer!
Wie klein von der Erinnrung Licht erhellt!

Es kommt ein Tag, da ziehn wir in die Weiten,
Voll bittrer Sehnsucht und voll banger Glut,
Und wiegen unsre Unermesslichkeiten
Auf eines Weltmeers engbemessner Flut.

Der eine flieht aus fremdverhassten Landen,
Der andre macht sich von der Heimat frei,
Sternforscher, die im Weib den Himmel fanden,
Fliehn vor der Kirke holder Tyrannei.

Sie wollen nicht zum Tier sich wandeln lassen,
Drum flüchten sie zum Meer und Himmelsstrahl,
In Sonnenglut, im Eishauch wird verblassen
Mählich der Küsse brennend rotes Mal.

Die wahren Wandrer aber sind's, die ziehen
Aus Wandertrieb leicht wie die Feder fort.
Sie können ihrem Schicksal nie entfliehen,
Und „weiter, weiter“ heisst ihr Losungswort.

Sie, deren Wünsche sind gleich Luftgebilden,
Die träumen wie ein Knabe vor der Schlacht
Von leuchtenden, stets wechselnden Gefilden
Voll Schönheit, wie sie nie ein Mensch erdacht.

II

O Schreck! Wir drehn uns, springen wie ein Kreisel,
Die Neugier peitscht uns auf aus Schlaf und Traum,
Dem strengen Engel gleich, der mit der Geisel
Die Sonnen wirbelt durch den Weltenraum.

Seltsames Glück, des Ziele sich verschieben,
Das nirgends ist und dennoch überall!
Der Mensch, von Hoffnung hin- und hergetrieben,
Er sucht die Ruhe und durchrast das All.

Sein Geist gleicht einem Segler, rastlos strebend,
Und „Augen auf" ertönt es aus dem Schiff,
Vom Mast schreit eine Stimme, glühend, bebend:
„Ruhm! Liebe! Glück!" – O Fluch, es war ein Riff!

Doch jedes Eiland, fern im fahlen Lichte,
Scheint uns das Eden, das der Traum verhiess,
Und jeder Tag macht unsren Traum zunichte,
Zeigt starre Klippen uns, kein Paradies.

O arme Sucher lockender Gefilde!
Den Trunknen, der die neue Welt entdeckt,
Stürzt in das Meer, denn vor dem Zauberbilde
Noch bitterer der Staub des Alltags schmeckt.

So stampft der Bettler hin durch öde Strecken,
Durch Kot und Schmutz, träumt eine Zauberwelt,

Und will verzückt ein Capua entdecken,
Wo nur ein Span das finstre Loch erhellt.

III

Erhabne Wandrer, sagt, was ihr errungen,
Was in dem meerestiefen Blick euch lebt,
Zeigt die Kleinodien der Erinnerungen,
Aus Luft und Meer und Sternenglanz gewebt!

Wir wollen ohne Dampf und Segel fliehen,
Erhellt den Kerker, drin wir festgebannt,
Und lasst an unsrem Geist vorüberziehen,
Was Ihr erlebt, vom Horizont umspannt.
Sagt, was ihr saht! –

IV

Wir sahen Sterngefunkel
Und Wogenglanz. Auch Wüsten sahen wir;
Und trotz Sturmschauer und Gewitterdunkel,
Kam oft der Überdruss uns, so wie hier.

Das Abendmeer in violettnem Prangen,
Der Stadt Erglühen, wenn die Sonne sinkt,
Erweckten nur im Herzen heiss Verlangen
Nach einem Himmel, der verlockend winkt.

Die schönsten Länder und die reichsten Städte
Berauschten nie so glühend unsren Sinn
Wie fern am Himmel jene Wolkenkette,
Und traurig zogen wir voll Sehnsucht hin.

O Sehnsucht, nur die Freude gibt dir Kräfte!
Du gleichst dem Baum, den nur die Lust erweckt,

Es wachsen und es schwellen deine Säfte,
Wenn dein Geäst sich nach der Sonne reckt.

Wächst du noch immer kühn wie die Zypressen,
Du alter Baum? – Doch seht, ihr Freunde, hier,
Wir haben auch die Skizzen nicht vergessen
Für euch, die ihr das Fremde liebt wie wir.

Wir grüssten Götzen, halb in Staub gesunken,
Throne von leuchtendem Gestein bedeckt,
Paläste, deren feenhaftes Prunken
Goldgierigen Seelen wilde Träume weckt,

Gewande, deren Pracht die Sinne lähmen,
Und Frauen, die sich färben Zahn und Hand,
Und kluge Zauberer, die Schlangen zähmen –

V

„Was noch, was noch?“ –

VI

„O kindischer Verstand!
Allüberall bot sich, was wir nicht suchten,
Was immer sein wird und was immer war,
Die Stufen auf und nieder, die verruchten,
Bot sich des ewigen Lasters Spiel uns dar.

Das Weib, gemein, voll niedrigem Behagen,
Das schamlos sich vergöttert und geniesst,
Der Mann, der Sklavin Sklave, feig, verschlagen.
Ein schmutziger Schaum, der durch die Gosse fliesst.

Der Henker roh des Opfers Qual verschärfend,
Die wilden Feste unterm Blutgerüst,
Das Gift der Macht, Despoten selbst entnervend,
Das knechtige Volk, das seine Rute küsst.

Und Religionen – immer war's ein Gleiches:
Zum Himmel klettern sie, und doch zum Schluss
Ist Glaube nur ein Bett, ein wollustweiches,
Und Dorn und. Geissel wird für sie Genuss.

Der Menschen schwatzhaft, hochmutstolle Rotte,
Die fetzt wie ehdem blöde und verrucht,
Schreitauf im Todeskampf zu ihrem Gotte:
„O Herr, mein Ebenbild du, sei verflucht!"

Nur wenige fliehn wahnwitzig und vermessen
Aus dieser eingepferchten Herde Stall,
Und suchen in dem Opiumrausch Vergessen
– So lautet der Bericht vom Erdenball.

VII

O bittre Weisheit, die die Fahrt uns lehrt!
Es hat der Welt stumpfsinnig Einerlei
Stets unser eignes Bild uns zugekehrt,
Ein Quell des Schrecks in öder Wüstenei.

Gehn? Bleiben? Wie wir müssen, wollen;
Der duckt sich nieder und der andre rennt,
Der Feindin zu entgehn, der unheilvollen,
Wachsamen Zeit, die keine Schonung kennt.

Du siehst die Menschen gleich Ahasver eilen,
Da nützt kein Wagen, nützt kein schnelles Boot,

Die Schlimme holt sie ein. – Andre verweilen
Und schlagen sie schon in der Wiege tot.

Doch setzt sie ihren Fuss auf unsren Rücken,
Dann hoffen wir, und „Vorwärts!" heisst der Schrei.
So fuhren wir nach China voll Entzücken
Mit sturmverwehtem Haar, die Blicke weit und frei.

So schiffen wir uns ein zur düstern Reise,
Und jung das Blut durch unsre Adern fliesst,
Hört ihr die Stimmen feierlich und leise:
„Kommt her, kommt her! Und labt euch und geniesst!

Geniesst des Lotos Blüte, schwer von Düften,
Erlesne Früchte, die ihr lang entbehrt;
Berauscht euch an den seltsam fremden Lüften,
Des heissen Nachmittags, der ewig währt!"

Es sind der Schatten liebvertraute Stimmen,
Doch die Pyladen wehren dem Gelüst;
„Willst Labung du, musst zu Elektra schwimmen!"
Spricht eine, deren Knie wir einst geküsst. –

VIII

Tod, alter Fährmann, komm die Anker lichten!
Segel gehisst! – Wir sind der Erde satt.
Wenn schwarz auch Meer und Himmel sich verdichten,
Du weisst, dass unsre Seele Strahlen hat.

Reich uns dein Gift, dass Tröstung wir erfahren!
Noch brennt das Feuer – lass zum tiefsten Schlund,
Lass uns zu Himmel oder Hölle fahren !
Nur Neues zeig uns, Tod, im fremden Grund!